U0938336

居港日本人最貼地の

香港觀察日記

推薦序 1

《香港老美》作者 Simpson Wong

每個城市都蘊藏着其獨特的文化和美學，從街坊的日常對話、建築外牆裝飾、招牌及圖示等等，都是研讀城市文化的好線索。記得五年前，我籌備《香港老美》，開始遊走港九街角取材——本以為自己土生土長，選材理應易如反掌，那時卻發現自己對香港的認識原來極之皮毛。隨着筆耕數年，才開始初步掌握我家的二三事——例如香港商場各樓層放着許多「小心地滑」牌，背後原來有段有趣典故。

「喔，這位日本小姐不僅能説一口流利的廣東話，還蒐集了許多香港『小心地滑』牌的資料，頗有心啊！」我向同事「玖號」分享了一段有趣的 YouTube 短片。「喔，阿 May 是我之前當旅遊記者時認識的！頗投緣的，現在還有聯絡呢！」就這樣，我們因「地滑仔」而結緣。

阿 May 除了醉心鑽研「地滑仔」外，還很努力研讀香港的城市文化。得知她鍾愛港式窗花，我們便盡地主之誼，為阿 May 度身訂造一次「港式窗花導賞」作為見面禮。如今得知阿 May 將居港十年所研究到的香港城市文化觀察，以繁體中文結集成書，想必花了大量心力，殊不簡單。為她晉身作家之列感到欣喜之餘，更衷心感謝她為香港城市文化留下如此別具一格的紀錄。

香港を愛する May さんを、ぜひ応援してください！（請大家多多支持熱愛香港的阿 May！）

推薦序 2

YouTuber Lingmuk（鈴木啓介）

超級鍾意香港嘅 May san 出咗一本書啦！呢本書基於 May san 喺香港經歷過嘅真實生活介紹「香港文化」同「香港人」係點樣嘅。你啲日本朋友或者你屋企人，呢本書就會幫到佢哋深入理解到港日文化差異。老實講，我初初鍾意咗香港嘅原因係接觸到香港人嘅諗法。嗰陣我覺得香港人好值得欣賞同想跟香港人學嘢，所以最後決定咗移民嚟香港。希望香港人睇完呢本書之後欣賞返自己就好啦。

其實我日日都同香港人講廣東話吹水。喺香港公司做嘢或者同 d 跑友傾偈等等。所以我都睇呢本書嘅時候諗返起之前經歷過嘅嘢，幾有趣！我相信好多住喺香港嘅日本人睇完都會點頭講「係 wor～喏啊！」

可能你都會有機會學到好多新嘢！應該會見到香港人原來係咁樣諗嘢等等。不如同 May san 一齊了解多啲香港同香港人，等你可以更加鍾意呢個地方啦！

我同 May san 嘅相識係喺疫情嗰陣一齊去大圍掃街開始嘅。因為我哋兩個都熱愛香港，同埋初初自己一個人移咗民嚟香港住。其實呢一種日本人勁少。因為我哋嘅背景差唔多，所以 May san 算係香港生活嘅大前輩！我希望一齊繼續留喺香港推廣多啲香港嘅魅力，亦都繼續期待 May san 繼續用又獨特又幽默嘅視角嚟帶我哋睇多啲香港嘅另一面！May san 之後都多多指教！

我係住咗香港十年嘅日本人。

我大學嗰陣時借咗一隻香港電影《花樣年華》嘅 DVD，睇完呢齣戲之後我就愛上咗香港。

呢齣戲入面嘅香港好有人情味，成個城市嘅風格好有品味，而且充滿活力，廣東話嘅聲調聽起上嚟特別有魅力，最令我深刻嘅係落雨嘅場景靚到不得了。

我當時就諗：「如果喺香港生活，即使落雨都好似會開心啲。」

（因為我本來好唔鍾意落雨天氣）

就係因為咁單純嘅原因，我開始有咗呢個夢想——將來想住喺香港！

而呢個夢想就喺 2014 年正式實現。我透過 Working Holiday 制度嚟到香港生活。

嗰陣係我人生第一次海外生活，乜都唔識，好多嘢都唔習慣。但係，好多香港人幫我手，多得佢哋，我先可以喺香港過咗一段好開心嘅生活。之後，我經歷咗 Working Holiday 打工、做 full-time、轉過幾次工、結婚，就咁樣行到依家。

我一直都好鍾意香港生活，真係多得一路上遇到嘅每一位。真心感謝大家。

三年前我開始做 Youtube channel 分享我的香港生活。其實早就有興趣 Youtube，但一直都唔敢踏出第一步，因為驚出鏡，所以遲咗兩年先開始。直到有一排我病咗入院，嗰段時間真係幾辛苦，令我突然感到：「人生只係得一次，有想做嘅嘢就勇敢挑戰！」結果我鼓起勇氣，我先生都好支持我，終於開始經營 Youtube channel 了。

Youtube channel 主要用廣東話分享香港同日本嘅文化差異。透過呢個 channel 希望令香港人知道，其實有啲日本人真係好鍾意香港；亦都想畀大家知道，外國人對廣東話都好有興趣；仲有，想分享吓喺日本人眼中嘅香港好有趣！

有時會收到啲留言話：「本來每日生活都感到好悶，但多得你，先知道自己長大嘅香港其實有好多有趣嘅地方。」

收到咁嘅反應，我覺得自己做緊嘅嘢好有意義，好有動力繼續落去。

開始咗 Youtube channel 差唔多兩年之後，收到萬里機構邀請我寫書。

Youtube 係影像媒體，但今次可以用文字嘅方式去同大家分享「一個日本人眼中嘅香港」，我覺得係一個好好嘅機會。另外，我亦都希望當香港人同日本人傾計嘅時候，可以更加容易介紹香港畀對方聽，所以我喺每一章都加咗日語增值班，仲有聲音教學添，所以就算你識唔識日文，都可以試吓聽吓。

希望呢本書可以成為一個連繫日本人同香港人嘅橋樑，為此我覺得好期待、好興奮、好滿足！

May in Hong Kong　私の香港生活

May

目錄

推薦序 1 2

推薦序 2 3

自序 4

閱讀指南 10

一、餐廳文化初體驗

1 早餐文化 12

2 香港餐廳冇冰水 16

3 點解凍飲加 3 蚊！？ 20

4 員工都喺客人座位食飯 23

5 搭枱文化 26

6 我最愛茶走 30

7 茶餐廳 vs 喫茶店 33

8 拉麵咁受歡迎嘅？ 37

9 茶記酒樓要洗杯？ 41

二、香港在地生活趣聞

10 劏房回憶 46

11 香港「滴水」避無可避 50

12 特別的屋企設施 53

13 日本人唔習慣睇中醫 56

14 街市好新奇 60

15 時裝潮流大不同 65

16 冬天都要開冷氣!? 69

17 家庭用餐「膠枱布」 73

18 萬眾期待 8 號波 77

19 超市竟然賣呢啲? 80

20 不一樣的學校生活 84

21 圍繞小朋友嘅社會環境 87

三、香港街景文化遊

22 周圍都貼宣傳單張 91

23 最愛竹棚架 95

24　我最愛「窗花」 99

25　我想住唐樓 103

26　路牌睇到香港變遷 106

27　街上好多垃圾桶 111

28　香港招牌好迷人 114

29　香港有好多「地滑仔」 120

四、香港交通奇妙冒險

30　的士文化差異 125

31　巴士冇得唱散紙 128

32　交通工具時間表？ 132

33　恐怖嘅交通工具 134

34　百花齊放望左望右 138

35　響安好嘈呀！ 142

36　讓座畀老人家 145

五、打工仔之文化衝擊

37　香港冇交通津貼！？ 149

38　神秘制度「病假」 152

39　有薪假期使用方法 155

40 喺公司食早餐 158

41 點解呢樣嘢會喺張枱上面？.......... 161

42 香港冇「就活」.......... 164

43 職位調動 168

44 香港人咁快辭職！？.......... 171

六、香港人做人的哲學

45 香港人有語言天分 176

46 香港人好直接 180

47 香港人唔問年齡 183

48 阿媽煲靚湯 187

49 香港人好鍾意星座 191

七、戀愛方式觀察日記

50 戀愛方式 195

51 香港男士好溫柔？.......... 199

52 結婚前未必同居？.......... 203

53 咁快就要見家長！？.......... 208

54 財政獨立 vs 零用錢制度 212

55 不一樣的情人節 216

閱讀指南

日語增值班：

- 掃描 QR 碼之後，可以聽到錄音。
- 錄音內容係日文，順序係：單字 → 數字（1, 2, 3…）→ 單字重複兩次 → 例文 → 數字（1, 2, 3…）→ 例文重複兩次（第一次係慢速，第二次係正常語速）。
- 呢本唔係正規日文教科書，所以冇提供語法解説，敬請見諒。

不論係向日本人介紹香港文化，定係喺日本用日文同人傾偈，都可以畀你少少參考，攞到啲靈感。希望呢本書可以幫到你！

上部分：代表香港

早餐文化

香港篇

將通粉當湯食！

香港好多人會係出面食早餐。

我十年剛剛嚟香港嘅時候住「劏房」，大約 60 呎嘅細房，張床已經佔咗成間房一半以上，當然廚房都冇。簽租約嗰陣，我問咗地產中介「附近有冇超市，餐廳？」，然後佢話畀我聽附近有啲乜嘢。佢介紹畀我嘅茶餐廳係由屋企行兩分鐘嘅距離，中介話：「我通常都係呢度食早餐，唔貴呀」。我就諗：**「竟然朝早都開門，真係感動呀！」**

搬完屋之後去嗰間茶餐廳時見到，雖然係朝早但已經有好多客人，我嚇咗一跳。我住喺日本嘅時候早上好少去餐廳食飯。有時食過咖啡室嘅早餐，不過喺日本餐廳早上時間通常好少客人。

12

May in Hong Kong

東京篇

竟然日本人唔食和食早餐？

日本人通常會係返工或者返學之前喺屋企食早餐先出門。因為日本冇香港咁多提供早餐嘅餐廳，而且比起喺出邊食早餐，**自己買餸煮飯會平啲，所以大部分人都喺屋企食早餐。**我都住喺日本時喺屋企食早餐。有時出差等特別嘅時候有去過咖啡室食早餐，不過**日本餐廳早上時間比較少客人，只聽到 BGM 同用餐具嘅聲音，同香港氣氛唔一樣。**仲有，喺日本早餐時間係一家人聚會嘅時間。雖然時間好短，得幾十分鐘，但係大家會互相分享今日做啲乜嘢，幾點返嚟屋企等等。

日本嘅早餐主要可以分三種。第一種係「西式早餐」。通常會有多士、蛋、沙律或者乳酪。第二就係「和食」，白飯、麵豉湯、燒魚，漬物等。最後一個就係「其他」（笑）。

下部分：代表日本

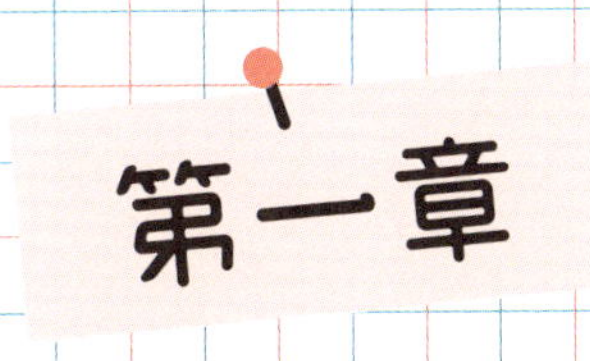

餐廳文化初體驗

早餐文化

香港篇

將通粉當湯食！

香港好多人會喺出面食早餐。

我十年前剛剛嚟香港嘅時候住「劏房」，大約 60 呎嘅細房，張床已經佔咗成間房一半以上，當然就連廚房都冇。簽租約嗰陣，我問咗地產中介「附近有冇超市、餐廳？」，然後佢話畀我聽附近有啲乜嘢。佢介紹畀我嘅茶餐廳係由屋企行兩分鐘嘅距離，中介話：「我通常都係呢度食早餐，唔貴呀」。我就諗：**「竟然朝早都開門，真係感動呀！」**

搬完屋之後去嗰間茶餐廳時見到，雖然係朝早但已經有好多客人，我嚇咗一跳。我住喺日本嘅時候早上好少去餐廳食飯。有時試過咖啡室嘅早餐，不過喺日本餐廳早上時間通常好少客人。

東瀛篇

竟然日本人唔食和食早餐？

日本人通常會係返工或者返學之前喺屋企食早餐先出門。因為日本冇香港咁多提供早餐嘅餐廳，而且比起喺出邊食早餐，**自己買餸煮飯會平啲，所以大部分人都喺屋企食早餐。**我喺日本時都喺屋企食早餐。有時出差遇上特別時候就有去過咖啡室食早餐，不過**日本餐廳早上時間比較少客人，只聽到 BGM 同用餐具嘅聲音，同香港氣氛唔一樣。**仲有，喺日本早餐時間係一家人聚會嘅時間。雖然時間好短，得幾十分鐘，但係大家會互相分享今日做啲乜嘢，幾點返嚟屋企等等。

日本嘅早餐主要可以分三種。第一種係「西式早餐」。通常會有多士、蛋、沙律或者乳酪。第二就係「和食」，白飯、麵豉湯、燒魚，漬物等。最後一個就係「其他」（笑）。

香港好經典嘅早餐，通心粉竟然落咗入湯，第一次見真係有啲驚訝！而且份量都幾多！

知道咗**「香港人鍾意喺出面食早餐」**呢個習慣之後，我都開始鍾意早上去餐廳食早餐。返工之前，我試過發掘唔同嘅餐廳，食唔同嘅早餐 menu。當自己一個入餐廳，叫咗早餐，有人過嚟搭枱嘅時候，我覺得**「依家好似我都變成香港人！」**，感覺自己融入咗香港生活，好開心。

早餐 menu 裏面最令我驚訝嘅就係「通粉」！喺日本唔會將通粉當湯食。而且仲有一樣嘢令我驚訝就係，雖然通粉已經係碳水化合物，但套餐仲會包埋麵包！好似係一個**「碳水化合物套餐」**。

例如有啲人會以蛋白粉飲品代替早餐，同埋聽講最近開始流行「麥片」，叫做「オーバーナイトオーツ（over night oats）」。オーバーナイトオーツ嘅煮法好簡單，麥片加牛奶或者豆漿，然後放雪櫃浸一晚就得。因為容易煮，同埋防止血糖上升，成為受歡迎嘅早餐之一。

日本人原本早餐係食「和式」，不過依家好多人會食「麵包（西式）」。聽講喺 1950 年中開始，西方嘅食物慢慢滲透咗入日本社會。當時日本人主要食米、豆、番薯同魚，不過日本政府話因為呢啲食材嘅營養不足，所以開始推動食生活改革，鼓勵大家多啲食肉類、奶類同埋雞蛋等等。同時開始輸入美國小麥，日本嘅學校午餐開始提供麵包。加上「西式早餐」相比起「和式早餐」烹煮時間短好多，呢個原因令到「西式早餐」慢慢融入咗現代日本人嘅生活節奏。

我心諗：「係咪食咁多碳水化合物所以香港人咁精神呢？」

雖然早餐種類唔係好多，但每個套餐裏面有好多選擇，呢樣嘢都令我非常驚訝。例如可以揀要唔要烘底嘅麵包、揀炒蛋定煎蛋，麵上面嘅配料都可以揀，甚至乎麵嘅種類都可以選擇……多到不得了！我以前有試過喺日本餐廳打工，日本嘅早餐冇咁多選擇。**有咁多選擇，廚房唔會忙到亂晒咩？所以我真係好佩服整早餐嘅師傅呀！** ■

我無論係同屋企人住定一個人住，通常都係揀簡單易整嘅西式早餐。蛋料理一般係「煎蛋」、「焓蛋」或者「芝士奄列」。每日食多士時可以自己揀搽咩果醬。飲品通常飲牛奶，餐後再飲杯咖啡。每個家庭有唔同嘅早餐食材，但我覺得大部分嘅日本家庭都會有類似嘅選擇。喺屋企同父母一齊住嘅時候，早餐多數都係媽媽整。**日本好少有請菲傭嘅家庭，通常屋企嘅家務都係由媽媽負責，尤其係煮飯**，好多家庭都係「媽媽」負責。

話說，雖然日本人多數都係屋企食早餐，但其實有一個地方係會有「喫茶店」食早餐嘅習慣，就係名古屋。名古屋可以話係喫茶店早餐嘅聖地。「名古屋式早餐」嘅特色就係叫一杯飲品就會送多士或者焓蛋。重點係主角係飲品，麵包或者焓蛋係「免費附送」。仲有名古屋嘅咖啡室有「咖啡票」，其他地區比較少見。咖啡票係一種優惠券，客人可以預先畀一筆錢畀咖啡店買咖啡票，咁樣

日語增值班

單詞			
	1	朝食（ちょうしょく）／朝（あさ）ごはん	早餐
	2	注文（ちゅうもん）	Order
	3	〇〇お願（ねが）いします	我要〇〇

例文		
	客	：すみません。
	店員	：ご注文（ちゅうもん）はお決（き）まりでしょうか。
	客	：Aセットお願（ねが）いします。
	客人	：唔該。
	店員	：請問想要啲乜嘢？
	客人	：我要A餐，唔該。

每次飲咖啡就唔使逐次畀錢，而且每杯咖啡仲會比平時平啲。對日本人嚟講，呢種文化都幾特別同有趣。至於呢種「名古屋式早餐」嘅起源，有唔同嘅說法，有人話係名古屋隔籬嘅「一宮市」先開始嘅。當時一宮市紡織業好興旺，有好多工廠，日間時間好嘈，所以傾生意或者想休息嗰陣，大家就會去喫茶店。為咗答謝熟客，喫茶店老闆開始送豆類或者焓蛋等嘅小食。呢種服務就漸漸變成現在嘅名古屋式早餐。■

香港餐廳冇冰水

我以為侍應佢唔記得放冰……

香港嘅餐廳提供嘅水，通常係常溫水（冇冰）。我啱啱嚟到香港嘅時候餐廳侍應比常溫水我，我嗰陣時以為「佢唔記得放冰」。因為日本餐廳提供嘅水通常係加冰。**而喺香港根據中醫嘅觀點飲凍嘢對身體唔好**。所以便利店都有賣冷水同常溫水。另外，香港餐廳嘅冰多數係透過製冰公司買返嚟，所以加冰係需要額外收費，所以水唔加冰係正常嘅。

另外，我覺得有趣嘅係呢杯水嘅使用方法。**喺香港呢杯水唔單止用來飲，有時會用嚟洗餐具！**日本冇呢啲習慣，餐廳提供嘅水係飲用水，所以其實我嚟到香港幾年，雖然覺得唔係幾好飲，但都照飲。直到有一日我同老公一齊去茶餐廳嘅時候，發現佢將餐具放入佢自己杯水，再將我嘅餐具放入我自己個

點解日本人鍾意飲凍水？

喺日本餐廳提供冰水係理所當然，亦都被視為一種款待同禮貌。日本人覺得飲凍冰冰嘅嘢可以 refresh 心情。**如果餐廳畀嘅係暖水，或者啲冰已經溶得七七八八，好多人會覺得「餐廳冇誠意」或者「啲水係咪放咗一陣先拎出嚟？唔夠新鮮喎！」**對於日本人來說水嘅「溫度」都係服務嘅一部分。

鍾意飲凍嘢嘅唔止水，啤酒都係一個好例子。喺日本，放工之後或者同朋友聚會，好多人都會嚟句「とりあえずビール！（先嚟杯啤酒先！）」。啤酒夠唔夠凍真係好緊要，如果唔夠冰凍嘅話心情即刻 down，仲可能會投訴。所以有啲居酒屋或者餐廳會連啤酒杯都預先放入冰箱雪凍，令啤酒飲落更加爽。

有啲人係用茶水嚟洗餐具，我第一次見真係有啲驚訝！

杯。我以為佢係整蠱我，問佢「你做乜鬼嘢呀？咁樣我飲唔到水喎？」佢竟然同我講：「下？要洗吖嘛！」嗰陣時我先知道原來唔係每個人都會飲呢杯水！原來有好多人會用嚟洗餐具。我好鍾意觀察香港文化，但完全冇注意到呢一點。依家我都香港化，啲餐具嚟到就放落水入面。

至於**香港餐廳用嘅深色膠杯，我覺得真係好香港，好靚**。日本餐廳嘅水杯通常係玻璃杯同埋透明。我從來都冇見過呢啲深色半透明嘅膠杯，對我嚟講真係好吸引。有一日，我喺雜貨店見到有得

日本人鐘意凍嘢，夏天食刨冰已經變成一種文化。我自己都好鍾意食刨冰。細個嗰陣屋企有部手動刨冰機，自己刨完冰，再加啲鍾意嘅糖漿同煉奶嚟食，依家諗起都覺得好開心。其實日本人夏天鍾意食嘅凍嘢唔止得刨冰，仲有各種麵食。例如「冷やし中華」（即係凍中華麵，上面會放火腿、青瓜、蕃茄、蛋絲，再加凍嘅醬汁）係日本夏天經典嘅料理，仲有凍烏冬、凍蕎麥麵、凍意粉等等都好受歡迎。因為夏天太熱有時冇胃口，但凍嘢比較容易入口，我自己都鍾意夏天食冷麵。

咁諗落其實都可以話**日本人對凍嘢唔太抗拒**。舉個例子，好似飯糰同便當。日本人就算附近有微波爐都會有唔少人選擇凍食。與其話冇加熱，倒不如話日本便當本身就係設計到凍食都好食，味道通常都會整得濃味少少。「生食」都係。好似蔬菜香港人通常都會煮熟或者炒嚟食，但日本人就比較多會當沙律咁生食。而魚

賣呢啲膠杯，即刻就買咗返來。之後諗，因為呢個杯對我嚟講好特別，**係一個好有紀念意義嘅物品，就決定用嚟招待客人。**但係當我有一日將呢個膠杯畀朋友用，佢哋竟然笑咗。我都明白，對香港人嚟講，呢個杯係唔會覺得有咩特別，因為佢哋由細見到大（笑）。如果係香港迷嘅日本人先明白呢個膠杯幾有特色。■

方面，除咗燒魚之外，仲有壽司或者刺身咁樣嘅生食文化。

另外，仲有一樣可能有啲人香港人都鍾意，就係「TKG（たまごかけごはん）」，即係將生雞蛋拌飯。日本人有生食雞蛋嘅習慣。其實我嚟香港之前，唔知原來有啲雞蛋係只適合煮熟嚟食。日本之所以可以放心食生蛋係因為日本國內喺生產、加工、流通嘅每個環節都做咗好嚴格嘅管理。包括農場同雞蛋包裝設施嘅衞生管理、對蛋殼同蛋液嘅標準都有清晰規定，目的就係防止食物中毒、細菌入侵或者擴散。呢啲嘢離開咗日本先知道，原來日本技術有幾勁。■

我買咗茶餐廳杯，用來招待客人。

日語增值班

單詞			
	1	氷（こおり）	冰
	2	水（みず）	水
	3	常温（じょうおん）	常溫
	4	ビール	啤酒

例文			
	1	すみません、常温（じょうおん）の水（みず）はありますか？	唔好意思，有冇常溫水呀？
	2	とりあえず、ビールください。	唔該，要啤酒先。

點解凍飲加3蚊!?

凍飲貴過熱飲

香港通常熱飲同凍飲嘅價錢唔同，幾乎所有餐廳都係凍飲貴 3 蚊左右！我一直都唔太理解**點解加冰要貴 3 蚊？將啲冰放入杯嘅動作只係幾秒咋喎！**

之前我喺 YouTube 分享過呢個話題，結果有好多粉絲留言畀我，話畀我知點解香港啲凍飲會貴啲。**原來香港餐廳用嘅冰唔係自己製作，而係向冰店入貨。**呢樣嘢令我好驚訝！之前我有睇過香港媒體採訪冰店嘅影片，講到香港天氣好熱，將啲冰由貨車搬落嚟之後，因為溫差太大啲冰好快就會溶，所以送貨要鬥快，爭分奪秒。而且香港地方細，餐廳未必有空間放製冰機，所以好多餐廳都會選擇向冰店買冰。另外，有啲餐廳話：「凍飲用嘅杯比熱飲大，飲品份量自然多啲，所以價錢都會貴啲。」咁

咖啡五百円（熱／凍）

喺日本熱嘢飲同凍嘢飲嘅價錢係一樣，所以 menu 嘅寫法都同香港唔同。日本嘅 menu 冇特別分開熱飲同凍飲，例如會寫「咖啡 500 円」，下面括住（熱／凍）、或者直接寫「熱啡 500 円」下面寫「凍啡 500 円」咁樣。總之，通常熱飲同凍飲價錢冇分別。因為習慣咗呢個文化，所以第一次睇香港餐廳嘅 menu 嗰陣我覺得好有趣。香港嘅 menu 分得好清楚，熱飲同凍飲擺喺唔同欄，價錢亦都唔一樣。

對於喺「凍飲貴過熱飲」呢個文化下長大嘅香港人，可能會覺得奇怪：**「點解日本熱飲同凍飲價錢一樣？」**今次我試咗諗呢個問題。可能日本人根本冇**「因為要加冰所以要加錢」**呢個概念。喺日本，入到餐廳坐低之後，店員通常會提供杯水，呢杯水

樣講又好似有道理喎！知道咗原來啲冰送到餐廳嘅過程同杯大小之後，我開始可以接受「凍飲貴 3 蚊」。但係……點解我叫「少冰」，價錢都冇平啲呢？

另外，香港烘底要加 1 蚊！喺日本除咗三文治之外，方包基本都係已經烘好嘅。但係喺香港「唔烘底」先係基本。如果要烘底就多咗工夫，所以要加錢。我最近先學識如果寫「多士」就代表已經烘底、但如果冇寫就要小心。其實我都好好奇，香港嘅早餐套餐，真係有咁多人

通常都有冰，即係「冰水」，但係日本唔會因為杯水有冰而加錢。呢啲冰水係免費。如果喺日本跟香港嘅做法，將冇冰嘅水設為免費，而冰水要額外收費，一定會有好多客人投訴！因為日本人鍾意飲冰水，**「餐廳嘅水有冰」已經係基本。**

我啱啱嚟香港做嘢嗰陣時生活好窮。雖然我好鍾意香港，亦都好 enjoy 香港生活，但係錢方面真係幾辛苦。其實我本來好鍾意飲凍飲，喺日本住嗰陣，夏天成日都飲凍咖啡或者凍綠茶。但係喺香港，凍飲比熱飲貴，所以為咗慳錢我變得好少飲凍飲。

如果每日 lunch time 都揀凍飲，一個月就會多洗 60 蚊（凍飲貴 3 蚊，一星期返五日工）。當時嘅我連一蚊都要慳，所以除非好想好想飲凍飲，否則都會盡量揀熱飲。因為呢個經驗，即使過咗超過 10 年，依家我都習慣忍住唔飲凍飲（笑）。■

唔揀烘底嘅咩？除咗啲牙齒唔好嘅長者或者小朋友之外，一般人唔係基本都鍾意食多士咩？唔烘底嘅人其實係少數定主流？對我嚟講，早餐應該係食烘好嘅方包先至正常，點知香港反而係唔烘底係基本，烘底反而要加錢。呢種做法我真係唔係幾理解（笑）。明明烘底嗰種先係大家平時食開嗰種，點解想烘返就要另加？真係好唔慣。

不過，我最理解唔到嘅係菠蘿包 7 蚊，但係菠蘿油竟然要 14 蚊！有啲餐廳真係 double 個價錢。點解加塊牛油會貴成咁嘅？太誇張啦！■

日語增值班

單詞			
	1	温（あたた）かい飲（の）み物（もの）／ホットドリンク	熱飲
	2	冷（つめ）たい飲（の）み物（もの）／アイスドリンク	凍飲
	3	プラス料金（りょうきん）	加錢
	4	高（たか）い／安（やす）い	貴／平

例文		
	香港（ほんこん）では冷（つめ）たい飲（の）み物（もの）はプラス料金（りょうきん）になります。大体（だいたい）3ドルくらい高（たか）くなります。	香港凍飲加錢，大概貴 3 蚊。

員工都喺客人座位食飯

客人同伙計界線無咁明顯

喺香港，有啲餐廳伙計係會坐喺客人嘅位度食飯。通常等到高峰時間過咗之後就會見到伙計喺舖頭最邊邊嗰啲位食嘢。有一次，我坐圓枱，枱上面除咗我仲有兩三組客人，點知伙計行過嚟，同我哋一齊坐低開餐。唔止食飯，**其實伙計之間喺客人面前大聲傾偈都幾常見。**對比日本，呢度嘅「客人」同「伙計」之間嗰條界線好似無咁明顯。

除咗喺客人座位食飯，其實香港食店同日本餐廳職員之間仲有好多唔同之處。例如，香港有啲舖頭送貨人係會由正門入，直接經過客位送貨入廚房。即係佢哋會用同客人一樣嘅出入口，行過客席，然後先去到廚房。啲

日本餐廳術語

喺日本大部分餐廳員工都會喺員工休息室食飯或者休息。原因係如果員工喺客席用膳就會佔用咗部分座位，亦有機會令客人見到員工休息，影響客人嘅用餐氣氛。所以日本好多餐廳都會盡量避免呢種情況，**希望客人可以專心享受一餐。**

同樣地，為咗令餐廳保持整潔同避免打擾到客人，送貨通常會經由後門處理。大部分舖頭後邊有空間，供應商會喺後門附近停車，然後由後邊將食材搬入舖頭內。不過如果係設喺商廈入面嘅餐廳，安排可能會唔同一樣。送到食材之後職員盡快拆箱，即時放入雪櫃等地方保存。於是，**客人通常唔會見到裝住食材嘅紙箱。**

客就會清楚見到成個流程，感覺幾衝擊。不過可能嗰啲舖頭係因為冇後門。有啲時候貨品送到之後唔會即時搬入廚房，而係暫時擺放喺客席附近位置。咁樣大家就會望到寫住「○○產地雞蛋」嘅紙箱（笑）。有次我去一間茶餐廳，**坐卡位，發現喺我前面放咗成箱雞蛋。**最驚訝嘅係竟然係日本產嘅雞蛋！本身已經覺得啲箱放到出嚟好出奇，點知佢哋用嘅仲係日本雞蛋，真係 double surprise！

另外，**香港餐廳職員之間好似好少用暗語。**例如喺日本，如果有侍應

另外，日本嘅服務業界（例如餐飲或者服裝零售），**員工之間好多時會使用一啲「隱語」溝通。**例如喺餐廳，如果想講去廁所，唔會直接講「去廁所」，而係會講「我去一號」。如果想去小休就講「我去二號」，如果 check 洗手間衛生嘅話就會講「我去三號 check」。**不過呢啲號碼係唔同舖頭有唔同用法，**有啲舖頭會用「三號」代表去廁所。仲有，有時喺餐廳見到啲「唔太受歡迎嘅生物」出現，員工之間亦會用暗語溝通。例如，見到有昆蟲喺客席附近就會講：「十號枱有位五木先生會過嚟」，意思係「有昆蟲出現」，但又唔會令客人發現。仲有其他例子，例如日本服務業嘅習慣之一係不論你幾點返工打招呼都會話「おはようございます（早晨）」。又或者如果喺餐廳當打爛碗碟嘅時候發出聲「失礼(しつれい)しました（唔好意思呀）」。呢啲都係服務行業入面常用「隱語」。如果大家識日文，下次去日本餐廳時可以留意吓職員之間點樣講嘢，應該幾有趣。■

要去洗手間通常唔會直接講「我去廁所」，而係會用一啲代用語，咁樣就唔會令客人喺食飯途中聽到「廁所」呢個詞，避免令人氣氛唔舒服；但香港就唔會咁，大家都係直接講。

講開又講，喺香港仲有一樣幾特別嘅事就係侍應有時會當住客人面前畀人鬧。記得有次我同老公屋企人去飲茶，嗰間酒樓有個侍應唔小心落錯單，結果畀經理鬧到爆。聽內容好似係嗰位侍應唔小心多落咗幾款客人冇叫嘅菜式，可能係抄錯枱號。之後佢就拎住多出嚟嘅餸菜，逐枱問客人：「我哋唔小心落單多咗呢幾款菜，你哋介唔介意要？」有啲酒樓如果出現落錯單或者有客人唔畀錢離開，負責嗰位侍應就要自己賠錢。相對之下，日本如果有需要訓話，一般都會帶員工入後台或者員工區處理，避免客人見到。但香港就唔理，將人性最真實一面都展露出嚟。■

日語增值班

單詞			
	1	従業員（じゅうぎょういん）	員工
	2	食事（しょくじ）をします	食飯
	3	隠語（いんご）	術語

例文			
	1	香港（ほんこん）では、従業員（じゅうぎょういん）も客席（きゃくせき）で食事（しょくじ）をします。	喺香港，伙計都喺客席食飯。
	2	「OT」は香港（ほんこん）のレストランの隠語（いんご）で、「ホットレモンティー」のことです。	「OT」係香港嘅餐廳術語，意思係熱檸茶。

搭枱文化

「搭枱」嘅尷尬事

我嚟到香港之後，其中一個好震撼嘅習慣係「搭枱」。有時喺餐廳（翻枱率好快嘅餐廳）會見到張貼住**「繁忙時段必須搭枱」**嘅告示。其實我幾鍾意體驗唔同文化，所以好快就習慣咗搭枱，但有時都會覺得啲位太窄，搞到場面有啲尷尬。

最尷尬嘅情況就係，當我叫「湯麵類」嘅時候對面嗰位客人都叫咗「湯麵類」嘅情況。我有試過攞起筷子想送入口時，對面嘅客人都同一時間食麵。嗰陣時張枱比較細，互相個頭差啲撞埋一齊……！搞到我成餐都好緊張。大家平時係點樣避開呢啲情況呢？

另一個令我覺得尷尬嘅情況就係搭枱時枱面得一份

可以拒絕搭枱？

我喺日本嘅時候，其實冇乜試過同陌生人搭枱。可能只試過一次左右。點解日本冇搭枱文化呢？我諗應該有幾個原因。

其中一個原因係人口密度同餐廳空間嘅問題。香港人口密度好高，2024 年大約有 6747 人 /km^2（數據來源：World Population Prospects, United Nations Population Division）。喺咁擠迫嘅環境下，如果唔可以搭枱可能好多人連飯都無得食！相反日本人口密度大約 328 人 /km^2，同香港比較空間上冇咁逼。

另一個可能原因係同「個人空間（personal space）」有關。**日本人幾注重私人空間。**舉個餐牌。第一次去嘅餐廳通常都要時間睇吓個餐牌，但因為我係外國人，未必識晒啲餐牌上嘅菜係咩嚟。如果可以嘅話我想用手機查下菜嘅相先決定叫乜嘢，但如果呢個時候又多咗一個人搭枱，咁就冇時間慢慢揀餐啦。

疫情期間出現透明膠板

不過，**因為疫情，我對搭枱嘅感覺變得輕鬆咗少少。因為「透明膠板」出現咗**。疫情之前，搭枱時大家之間冇明確界線。但疫情期間為咗防止飛沫傳播，好多餐廳開始放亞加力膠板。如果有膠板，就算對

例，如果等紅綠燈嘅時候，條路仲有好多空位，但有人企喺你隔籬，可能你都會覺得唔舒服。同樣道理，喺餐廳如果張枱本來係自己用，但突然對面坐咗個陌生人嘅話好容易會覺得**「被陌生人入侵咗自己嘅空間」**。我覺得日本人對個人空間，即係「陌生人幾多距離之內會覺得唔舒服」，比香港人嚴格。

順帶一提，我寫日本搭枱文化時見到一個幾有趣嘅討論。有個人發帖話：「今日去咗食午餐，店員問我『唔好意思，你介唔介意搭枱？』，但我拒絕咗，結果店員好似唔開心。其實我啱唔啱呢？」。對呢個主題好多人留言，幾有趣。有人話：「午餐時間咁繁忙，搭枱都冇辦法啦！」，但亦有唔少人話：「拒絕搭枱冇問題，我都會拒絕！」。

透過呢個討論我了解多咗日本人對搭枱嘅諗法。喺日本餐廳想客

人搭枱時，餐廳應該問：「唔好意思！依家繁忙時間，介唔介意搭枱？」呢個係餐廳嘅禮儀，而**客人其實有權拒絕。**呢個做法同香港好唔同。

其實我除非要同朋友傾啲秘密話題，搭枱對我嚟講冇問題。係咪因為習慣咗香港嘅搭枱文化，所以覺得冇乜所謂呢？

有一次我返日本嗰陣去咗間咖啡室，本來以為滿座，但睇清楚原來好多枱都係淨係一個人坐，對面啲櫈冇人坐。所以我本來打算想問：「唔好意思，呢度有冇人？」準備開口之前，我突然醒起「啊！呢度係日本喎！」，然後即刻忍住冇問，最後乖乖哋等位。所以如果大家去日本旅行時想搭枱，但對方拒絕，都唔使失望啦～！■

面嗰個人都叫咗湯麵，我都唔使擔心撞到個頭。多謝透明膠板！

另外，當我同朋友，同事或者屋企人一齊食飯時，如果有人搭枱，有時覺得尷尬。原本想好好享受同朋友相聚嘅時間，但突然間多咗陌生人，搞到個氣氛怪怪哋，仲有可能會畀人偷聽我哋講緊乜。有一次我提前訂枱，去到餐廳都照樣要搭枱，令我嚇親。嗰間餐廳係午市套餐每人超過二百蚊嘅餐廳，如果有機會需要搭枱，打電話訂枱時就應該要告訴我。

雖然我講咗好多「搭枱」嘅尷尬事，但其實都有好處。搭枱有時會變成一個對話嘅契機。以前我花咗好長時間都未決定到食乜嘅時候，坐喺對面嘅熟客主動向我推薦咗幾款招牌菜。另外以前我同朋友仲係作為遊客過嚟香港嗰陣，香港人發現我哋係旅客，好熱心介紹香港嘅景點同美食畀我哋。■

日語增值班

單詞			
	1	相席（あいせき）	搭枱
	2	空（あ）きます	空（有座位）

例文			
	1	香港（ほんこん）では相席（あいせき）は普通（ふつう）のことです。	喺香港搭枱係好正常嘅事。
	2	すみません、ここ空（あ）いていますか？	唔好意思，呢度有冇人呀？

我最愛茶走

香港篇

香港係美食天堂！

我嚟香港之前，其實唔係幾鍾意奶茶，可以話係唔鍾意。不過遇上咗香港奶茶之後，我真係有啲感動：**「原來奶茶可以咁好飲！」**我覺得香港奶茶比日本嗰啲奶味重啲，所以更好飲。而且，每間餐廳嘅奶茶味都略有唔同。啱啱嚟香港嗰陣時，我其實分唔出邊啲奶茶好飲，邊啲冇咁好飲，不過飲得多之後，最近開始識得分味道嘅分別啦。

喺香港住咗幾年之後，有一次朋友話畀我知，原來奶茶仲可以 customize，介紹咗我「茶走」。一般熱奶茶係由紅茶、淡奶、同糖組成，而**「茶走」就係將淡奶同糖換成煉奶。**我本身就超鍾意煉奶，一聽就覺得一定好飲。第一次試茶走嗰陣我唔記得撈一撈就飲，結果覺得苦過普通奶茶，飲完先發現

東瀛篇

飲酒時嘅 customize 方法

除咗我之外，其實好多香港人都話「我都覺得日本奶茶唔係幾好飲」。係咪因為奶嘅種類唔同呢？定係紅茶嘅比例太多呢？我小學嘅時候第一次飲奶茶。因為父母都要返工，所以我係「鍵(かぎ)っ子(こ)」（鍵っ子：因為父母做嘢，要自己返屋企、自己開門、自己留喺屋企等爸媽返嚟嘅細路）。嗰日我去親戚屋企玩，親戚沖奶茶畀我飲，但我一飲一啖就覺得唔好飲……！不過佢特登準備咗，應該要飲晒，結果最後飲唔晒。

其實我覺得香港嘅少甜少冰嘅 customize 方法，有啲似日本人飲酒時嘅 customize 方法。日本人飲酒嘅時候有好多唔同嘅飲法。例如「日本酒」有幾種飲法。冇嘢加就咁飲叫做「ストレート」（straight，

點解茶走咁好飲

底部有一層煉奶，嗰下先知「啊～失敗咗」。之後學精咗記得攪勻先飲，就覺得茶走真係超級好味！香港有啲菜會落黑椒，對於我有啲辣，不過配茶走飲就啱啱好，可以中和個辣味，真係 perfect match！我覺得茶走簡直係為我而設。將來都想介紹畀多啲日本朋友試吓。香港嘅飲品文化真係幾有趣，**除咗茶走，仲有少甜、走甜、走冰、少冰等等選項，聽講仲有「鴛鴦走」**。對日本人嚟講，呢啲 customize 方式幾新奇，可能因

原味飲），溝水飲叫做「水割り」，溝熱水飲叫做「お湯割り」，加冰叫做「ロック」（rock），另外仲有溝綠茶（緑茶割り）同埋溝梳打水（ソーダ割り）等。大家鍾意邊種飲法呢？我最中意ストレート（原味飲）。以前喺香港飲日本酒嘅時候，店員冇問過我點樣飲，佢哋直接畀咗我「お湯割り（溝熱水）」，令我覺得好可惜。

燒酒都有好多飲法，原味飲、加冰、溝水、溝熱水、溝梳打水、仲有「前割り」。「前割」係燒酒嘅發源地「九州」人鍾意嘅飲法。我都未試過。先將燒酒溝水，至少要放一日先飲。水可以幫燒酒提升味道同香味，比起普通飲法更好飲，甚至好飲 10 倍！呢個一定要試嗰！另外，對啲唔係好習慣飲燒酒嘅新手，水割（燒酒 6: 水 4）係好啱嘅選擇。先將冰放入杯，再加燒酒，用棒輕輕攪拌，跟住再加水，再攪拌均勻。其實我喺日本做嘢時唔太鐘意飲

為香港人比較注重健康，所以有咁多選擇。

講開又講，我嚟香港之前，其實除咗奶茶仲有啲食物都唔係幾鍾意。例如燒賣。日本嘅燒賣通常係用豬肉做，上面放青豆，我唔係太鍾意。但嚟咗香港之後我反而開始鍾意燒賣。第一次食街頭小食嘅魚肉燒賣我真係幾驚喜，好味到不得了。喺日本冇見過魚肉燒賣。仲有蟹肉燒賣，鵪鶉蛋燒賣我都超鍾意！

另外炒麵都係一樣，我以前對日本炒麵冇乜興趣。其實好多日本人中意日本嘅炒麵但係我就麻麻地。可能因為調味料的關係，我係唔太鍾意果種聞到的香味。因為日本炒麵同香港炒麵睇落好似差唔多，我一直以為味道都一樣，但其實唔同。香港炒麵冇日本炒麵咁獨特嘅香味，我就覺得好食好多。多謝香港，令我試到咁多好味嘅嘢。香港係美食天堂啊～。■

燒酒，但係嚟到香港之後做廣告 sales 時，經常有機會同客人一齊飲酒，依家已經可以飲燒酒啦。回望自己喺香港生活，無論係奶茶定燒酒，以前唔中意嘅食物都開始接受到。我想讚下自己。

日語增值班

單詞			
	1	ミルクティー	奶茶
	2	カスタマイズ	Customize
	3	飲(の)み方(かた)	飲嘅方法
	4	焼酎(しょうちゅう)／日本酒(にほんしゅ)	燒酒／清酒

作者示範

例文			
	1	香港(ほんこん)のミルクティーはいろいろカスタマイズできます。	香港嘅奶茶可以customize。
	2	おすすめの日本酒(にほんしゅ)の飲(の)み方(かた)はありますか？	有冇推介嘅飲日本酒方法呀？

茶餐廳 VS 喫茶店

令我驚訝嘅西多士

講起代表香港嘅飲食文化，我諗到茶餐廳同冰室。我兩個都鍾意，去過好多香港嘅茶餐廳同冰室。特別鍾意啲有懷舊圖案嘅地磚同埋有閣樓嘅茶餐廳或者冰室。

茶餐廳嘅 Menu 入面最令我有文化差異感覺嘅係「西多士」。我原本識嘅西多士係應該世界普遍嘅做法，就係將面包浸咗雞蛋同牛奶混合嘅蛋液，再用牛油煎。我喺屋企嘅時候媽媽有時會整西多士做早餐，我自己大個之後都有時自己整西多士。我啱啱嚟到香港冇耐嗰陣，諗住食飯就去咗屋企附近嘅茶餐廳，見到 Menu 有「French toast」。嗰陣時好耐冇食西多士，見到個名突然間好想

日本有喫茶店

日本都有啲好似香港茶餐廳或者冰室咁嘅餐廳，叫做「喫茶店（きっさてん）」。不過唔同嘅係，**日本嘅喫茶店通常比較靜啲，啲人會一邊飲咖啡一邊睇報紙或者睇書，**或者有啲打工仔會去喫茶店開小型 meeting。我本身好鍾意飲咖啡，所以好早之前已經鍾意喫茶店。最

食，就即刻嗌咗。但係侍應送咗嘅嘢竟然係上面有牛油嘅炸方包喎！**當時我唔知咩係港式西多士，我以為店員送錯咗。**我就同店員講：「我係嗌咗西多士喎。」佢答我：「係呀，呢個就係西多士囉～。」嗰陣時我真係好混亂，心諗：**「可能喺香港呢個叫 French toast？？」**令我更驚訝嘅係，切開西多士原來裏面有花生醬！高卡路里嘅食物！而且之後店員仲將糖漿擺咗上枱。炸方包加埋牛油同花生醬……已經夠高卡路里，仲加咗糖漿！太surprise！

但試咗之後，我發覺比我想像中唔油膩，反而外面嘅皮好脆，裏面嘅麵包好鬆軟，真係好好味！完全冇覺得自己食緊高卡路里嘅嘢，好快就食完啦！之後我就好鍾意港式西多士，依家仲試緊唔同茶餐廳嘅西多士。■

喫茶店嘅
cake set。

近日本流行懷舊風，好多年青人都為咗影靚相去啲有復古 feel 嘅喫茶店打卡。

你有冇聽過日本除咗有「喫茶店（きっさてん）」，仲有啲特登叫做「純喫茶（じゅんきっさ）」嘅舖頭？其實兩者之間係有分別嘅。以前日本曾經興過一種叫做「カフェー」，聽落似 cafe，但同 cafe 有唔同，入面會有穿得比較性感嘅女性招呼客人，提供咖啡或者

西多士，蛋撻，沙爹牛肉包

酒精飲品，甚至會陪客人傾偈，被視為一種娛樂場所。呢啲地方又被叫做「特殊喫茶（とくしゅきっさ）」。為咗同呢類型舖頭作出區分，「純喫茶」就出現咗。

「純喫茶」呢個名稱入面嘅「純」，就係表示唔提供酒精，冇女性接待，純粹係比人飲杯咖啡、食啲輕食，放鬆下嘅地方。之後警察加強咗對「カフェー」同「特殊喫茶」嘅取締，呢類型嘅店就逐漸消失了。依家「喫茶店」同「純喫茶」都係可以坐低慢慢飲咖啡、茶，或者食下三文治蛋糕等嘅輕食地方。不過都有啲喫茶店會提供酒精飲品，呢點就同純喫茶唔同。

講到喫茶店嘅經典 Menu，除咗咖啡之外，仲有ナポリタン（茄汁意粉）、クリームソーダ（雪糕梳打）、プリンアラモード（布甸

日語增值班

單詞			
	1	フレンチトースト	西多士
	2	サクサク	口感好脆
	3	ふわふわ	口感好鬆軟

例文			
	1	香港(ほんこん)のフレンチトーストを食(た)べたことはありますか？	有冇食過港式西多士？
	2	外(そと)はサクサク、中(なか)はふわふわで美味(おい)しいです。	外面脆脆哋，入面又鬆軟，好好味。

拼盤）等等。如果你鍾意咖啡，鍾意一個人睇書、鍾意靜嘅地方hea 嘅話試吓去喫茶店或者純喫茶，感受一下嗰份懷舊又寧靜嘅氣氛。■

喫茶店例牌menu「ナポリタン（茄汁意粉）」

拉麵咁受歡迎嘅？

香港篇

香港人鍾意食豚骨拉麵

香港有好多拉麵店！而且幾乎所有店舖都係推介豚骨拉麵！呢點最初真係令我好驚訝。**喺日本每個地區嘅拉麵都有唔同嘅特色，但喺香港幾乎全部都係豬骨拉麵，其他其他味道嘅拉麵好少見。**再令我驚訝嘅係日本嘅拉麵喺香港好受歡迎，經常有排長龍。真係開心見到日本嘅飲食文化咁受香港人歡迎。另外，喺日本女性一個人食拉麵嘅情況唔係咁常見，但喺香港女性一個人入拉麵店食嘢已經係好正常，呢點我都覺得好驚訝。

之前我曾經問過一個香港人，「點解豚骨拉麵喺香港咁受歡迎嘅？」。佢話：**「可能因為豬骨湯啲味道同香港家庭日常飲嘅湯有啲相似」**。

東瀛篇

每個地區有唔同嘅特色

日本每個地區嘅拉麵都有唔同嘅特色。例如我嘅鄉下北海道，函館嘅拉麵以鹽味為主，札幌以味噌拉麵聞名，旭川就係醬油拉麵最受歡迎。仲有香港人鍾意嘅豬骨拉麵係福岡縣久留米市發源嘅。除咗味道，拉麵仲有其他分類方法「○○系」。有啲舖頭會繼承一間有名嘅拉麵店嘅味道，然後以嗰間店嘅名字加上「系」字。例如 1974 年喺橫濱新杉田開店嘅「吉村家」發展出嚟嘅「家系拉麵」就係以豬骨醬油湯底，配合比較粗嘅直麵為特色。仲有 1968 年東京三田開店嘅「拉麵二郎」發源嘅「二郎系拉麵」係以好油膩嘅豬骨醬油湯底，配粗麵、大塊叉燒、椰菜、芽菜等蔬菜，成碗拉麵

「可能係因為佢有健康嘅形象！」。嗰陣時我唔係好明，但經過咗 10 年喺香港生活之後，依家我少少明白嗰種感覺。

另外，雖然我對香港有咁多拉麵店已經好驚訝，但係仲有一樣嘢令我更加驚訝，就係「出前一丁」嘅即食拉麵都好受歡迎。喺日本我當然見過出前一丁，但係喺超市通常只會見到原味。我當時以為原味就係唯一嘅選擇。但原來唔係！喺香港，仲有好多唔同口味，包括海鮮味、黑蒜豚骨味、咖喱味、XO 醬味、柚子胡椒豚骨味等等，實在係好驚訝。**當我睇咗香港日清嘅網站，竟然發現有 15 種唔同嘅口味！**有一次我返日本探親時買咗出前一丁手信送畀親戚，竟然佢哋好鍾意，依家會佢哋叫我幫佢哋再買。

講到出前一丁，我仲發現一樣好驚訝嘅事，就係出前一丁竟然成為咗早餐麵款選擇之一。呢個真係我身邊所有香港嘅日本人都覺

層次十分豐富。黃色嘅招牌，可能唔少香港人都有見過。二郎系拉麵最特別嘅地方係落單方法。客人可以自己決定配料嘅份量，呢個落單方法聽落好似有啲像咒語一樣。除咗「家系」、「二郎系」之外，仲有「大勝軒系」、「麵屋武藏系」等等分類。

日本超市反而好少見出前一丁

得好驚訝。喺日本出前一丁只係一款即食麵，係家裏自己煮食嘅食品。但係喺香港佢竟然可以喺餐廳度提供，而且係要加價！對日本人嚟講出前一丁本來係家用即食麵，但係喺香港佢唔單止可以喺餐廳食到，仲係比其他麵條更受歡迎。真係令人好奇。■

香港超市係出前一丁天堂

簡單來說，鹽拉麵喺函館受歡迎的其中一個原因是，函館係日本開港比較早嘅地方之一，外來嘅文化開始進入當地，逐漸影響咗市民嘅生活。外來食物包括雲吞麵。函館人鍾意清淡口味嘅湯底，亦都希望喺拉麵上得到類似嘅味道，所以慢慢演變成今日的鹽拉麵。

另外，**日本獨有嘅拉麵文化就係日本人喺居酒屋飲酒後最後會食拉麵嚟作為結尾。**例如，喺第一間居酒屋飲酒食小菜，之後再去第二間居酒屋繼續飲酒食小菜，最後喺凌晨一、二點嘅時候去拉麵店食拉麵，然後返屋企。呢個就係日本打工仔嘅常見 style。喺居酒屋飲完酒食完小菜之後，再去第二間居酒屋飲嘢，用日文做「はしごする」，意思係「爬梯」。最後食碳水化合物食物結束，日文叫做「シメ」（結束）。我記得我二十幾歲嗰陣，曾經想試下

日語增值班

單詞	1	豚骨（とんこつ）/ 塩（しお）/ 醤油（しょうゆ）/ 味噌（みそ）	豬骨 / 鹽 / 醬油 / 味噌
	2	居酒屋（いざかや）	居酒屋
	3	シメ	喺居酒屋飲酒之後食嘅碳水化合物
	4	出前一丁（でまえいっちょう）	出前一丁

例文	1	日本人（にほんじん）は居酒屋（いざかや）で飲（の）んだあとのシメにラーメンを食（た）べます。	日本人喺居酒屋飲完酒之後，鍾意食碗拉麵做結尾。
	2	香港（ほんこん）では出前一丁（でまえいっちょう）がとても人気（にんき）です。	喺香港，出前一丁好受歡迎。

呢個模式，但係喺居酒屋食咗唔少嘢飲咗唔少酒之後，最後食拉麵……實際幾辛苦。食得太飽差啲我個胃爆炸。嗰時我真係覺得日本嘅打工仔真係好勁。■

茶記酒樓要洗杯？

好得意嘅習慣「洗杯」

好多日本人都好鍾意喺香港飲茶。我相信，嚟香港旅行嘅日本人心目中最想試嘅香港美食 Top 5，點心應該一定榜上有名。我第一次同香港朋友去飲茶時，第一樣令我感到驚訝嘅，就係「可以揀茶」。喺日本，餐廳一般只會提供冰水或者綠茶，而且基本上冇得揀。但**喺香港飲茶，就可以按自己喜好揀茶，而且選擇仲要非常多。**不過，有趣嘅係——雖然有好多款茶可以揀，但通常都冇茶單。呢點對我嚟講幾特別。我喺日本飲過嘅中國茶係香片茶同烏龍茶。不過朋友就話：「香港人通常會叫普洱茶。壽眉茶同水仙茶都幾受歡迎，味道唔錯。」後來我同唔同嘅香港朋友一

日本受歡迎嘅點心係……

喺日本專門提供飲茶嘅餐廳唔多。不過有啲點心喺日本都算常見，甚至已經成為日常家庭料理嘅一部分。好似燒賣，日本超市有賣急凍版本，通常係用豬肉做餡，最經典嘅款式仲會喺上面放粒青豆。春卷亦都幾受歡迎，我屋企以前晚餐好多時都係媽媽整春卷。春卷嘅餡可以自由配搭，所以喺日本自己喺屋企整春卷嘅家庭都唔少。

至於我最鍾意由細食到大嘅點心就係紅豆包。我非常鍾意食紅豆包。喺日本紅豆包多數係以急凍食品嘅形式喺超市出售。細個嗰陣媽咪有時冇時間煮飯就會畀我當午餐食紅豆包。我最鍾意嘅係芝麻餡嗰款。另外，日本便利店都有

齊去飲茶，發現大家真係幾乎都係叫普洱茶。

學緊洗杯——導師：老公

第二樣令我印象深刻嘅，就係「洗杯」呢個習慣。曾經去過嘅酒樓啲餐具仲用一層似保鮮紙嘅膠包住，睇落已經消毒得好乾淨。但我見身邊嘅香港人都會自己再用茶清洗一次。我問朋友點解，佢解釋話：「以前有啲餐具未必洗得乾淨，所以大家就自己沖一沖。雖然依家

賣豬肉包、咖喱包、甚至 pizza 包，款式都幾多樣化。

講到點心，**餃子喺日本都好普及，不過主流係煎餃子。**我屋企以前都會自家整煎餃，細個我就鍾意幫媽咪包餃子。長大之後我初頭就我都試過好似媽媽咁，由餡開始自己整，不過後來忙，開始買超市賣嘅急凍餃子返嚟煎。嚟到香港之後先發現，原來喺香港水餃同蒸餃比煎餃更加常見，呢一點令我覺得幾意外。因為喺日本反而呢兩種餃子相對比較少見。

另外，喺香港飲茶時大家通常會用細碟放魚骨或者肉骨，如果冇碟嘅話有時會直接擺喺枱面。但係喺日本咁樣做係唔得。食魚或者肉有骨嘅時候，如果想將骨吐出嚟，唔應該直接用口噴出嚟，亦唔好畀人見到口入面嘅嘢。**正確嘅做法係用手或者餐巾稍為遮住個嘴，再用筷子輕輕拎出嚟，放返落碟。**喺日本將入口過嘅食物吐返出嚟，或者露出口腔畀人見到，通常會被視為冇禮貌，所以都值得注意。■

餐廳嘅清潔標準已經高咗，但呢個習慣一直保留下嚟。」呢個習慣我覺得非常有趣。仲有**大家係用茶嚟洗杯，而唔係用水，**呢點都幾特別。洗完之後，我試過用紙巾抹乾，不過朋友話唔使，香港人一般唔太在意啲茶漬。

除咗洗杯，飲茶仲有好多有趣嘅文化。例如「點樣講多謝」。酒樓用嘅茶杯好細，好快就飲晒。**如果有人幫你添茶，只要用手指喺枱面輕輕點兩下就表示「多謝」。**我聽人講，因為飲茶時大家通常一邊傾偈一邊慢慢食，如果每次都開口講「多謝」會打斷對話；但又唔講又似乎唔夠禮貌，所以就出現咗呢個手勢。我覺得呢個文化好有意思。仲有一樣令我覺得好貼心嘅就係：**如果你發現茶壺冇茶，只要打開個蓋，服務員見到就會幫你添茶，唔使主動叫人。**對唔太識廣東話嘅旅客嚟講呢個做法真係幫到手！就算語言唔通都可以放心咁享受飲茶。

全部都好味！香港嘅點心

講到最令我驚訝嘅，其實係「食點心要用碗」。去酒樓坐低後，枱面上會有一隻碟同一隻細碗。作為日本人，我本能上會想將點心放喺碟上面食，但我發現，香港人通常會將點心放入碗，而碟係用嚟放骨或者唔食得嘅嘢。

碗嘅尺寸比較細，有啲點心甚至放唔晒入去，我有時都會諗：大家唔會覺得咁樣食係咪有啲唔方便？當然，「入鄉隨俗」，所以我依家都盡量照香港嘅方式去食。不過老實講，呢一點到依家我都仲未完全習慣。■

日語增值班

單詞			
	1	飲茶（やむちゃ）	飲茶
	2	プーアル茶（ちゃ）	普洱茶
	3	食器（しょっき）	食器
	4	洗（あら）います	洗

例文			
	1	香港（ほんこん）で飲茶（やむちゃ）をするときは、最初（さいしょ）に食器（しょっき）を洗（あら）います。	喺香港飲茶首先要洗杯。
	2	お茶（ちゃ）は何（なに）にしますか？	飲咩茶呀？

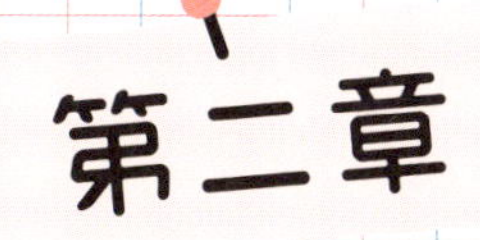

香港在地生活趣聞

劏房回憶

甲由屋企

香港生活第一年至第四年，我都住喺劏房。其實住之前我完全唔知有劏房呢樣嘢，不過搵屋嗰陣，啱我 budget 嘅淨係得劏房，所以最後就住咗落去。我係因為 Working Holiday 嚟香港。搵到劏房之前，我住咗一個星期喺一間日本人開嘅 hostel（可惜依家已經冇咗）。嗰段時間，公司老闆介紹咗幾間地產公司畀我，我去咗睇幾個單位。起初佢哋介紹咗啲 Room share 單位畀我，但係間間都好污糟。我參觀嗰陣啱啱係日頭、冇人喺屋企，但係廚房有麵包渣，地下又多垃圾。睇完幾間我就覺得，Room share 完全唔啱我。因為我一個人生活咗好耐，已經有自己嘅生活習慣，要同唔係日本人一齊住真係太難。

講返 budget，嗰陣我得 $3,500。十年前喺東京，

浴室同廁所分開好緊要

日本冇好似香港嘅劏房咁，一間原本嘅房間分開改成幾間出租嘅物業，我自己冇見過。如果係一個人住，通常會選擇普通嘅一間房ワンルーム（one room）。喺東京，6~10 畳左右嘅房間（大約 100~170 平方呎），會有廚房、浴室同廁所，租金大概係 50,000 円到 120,000 円。最近，「激狭物件」即係大約 3 畳（約 60 平方呎）嘅細房開始好受歡迎。呢個趨勢係因為日本最近多咗叫做ミニマリスト（Minimalist）嘅人，即係只保留最低限度嘅生活用品，追求簡單嘅生活方式。佢哋選擇自己真正需要嘅物品，咁樣唔單止可以減少浪費，仲因為物品少，清潔方便，心情都變得輕鬆。而呢種生活方式，喺 2015 年左右開始流行。根據資

$3,500 勉強可以租到一房單位，但香港租金比我想像中仲貴。呢個 budget 只可以選 Room share 或者劏房。我同地產公司講我得 $3,500，佢一聽就話：「$3,500？冇可能租到房，最少都要 $5,000。」我即刻懷疑佢哋係咪呃我，心諗「係咪因為我係外國人？」但係之後我再去睇幾間其他地產，發現真係冇 $3,500 可以租嘅房。反而多數要 $7,000 左右，而且仲要冇傢俬添。最後我揀咗尖沙咀一間劏房。最初話要 $5,000，但我講價講到 $4,800。我估大約得 60 呎，**一開門就見晒床同廁所。冇廚房、冇**

第一次住嘅劏房。有自己開門式嘅升降機。

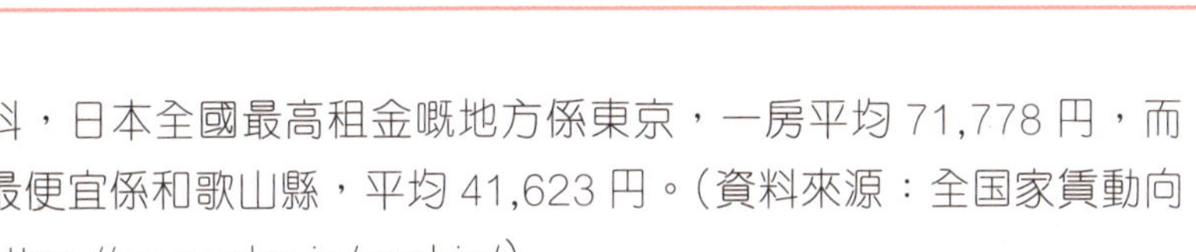

料，日本全國最高租金嘅地方係東京，一房平均 71,778 円，而最便宜係和歌山縣，平均 41,623 円。（資料來源：全国家賃動向 https://www.pbn.jp/yachin/）

日本人選擇房間時，除咗租金另一個重要因素係「浴室同廁所是否分開」。對於有浸浴習慣嘅日本人來講，**「浴室同廁所分開」係一個非常重要嘅條件。**喺我住喺日本嘅時候我都偏向選擇「浴室同廁所分開」嘅房。冇分開嘅地方叫做ユニットバス（unit-bath），比起分開嘅房間，空間較細，而且淋浴嘅時候廁所嘅地面好容易濕，容易滋生霉菌同埋異味，唔太受歡迎。不過租金會比較便宜，但我都願意為咗「浴室同廁所分開」而支付多啲租金。

香港嘅物業好多都冇浴缸。我住過嘅所有香港物業都只有沖涼設施。我喺香港住咗超過十年，但依然唔習慣沖涼生活。其實唔止

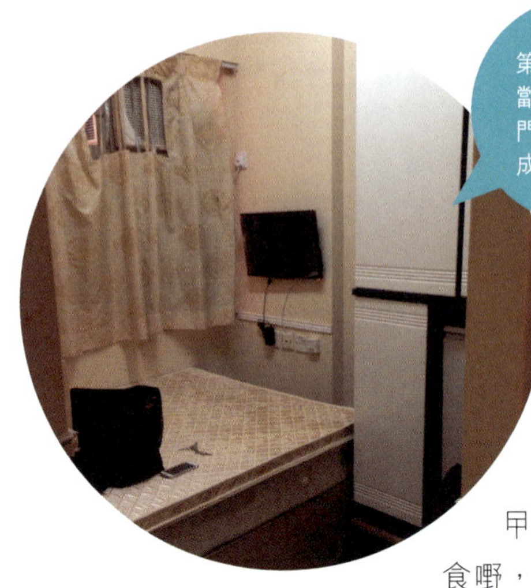

洗衣機，不過有雪櫃同電視。可能啱啱裝修完，張床同床褥都係新嘅，睇落幾靚。不過問題係，嗰座樓係井字型，我住2樓，所以日頭都好暗，完全冇陽光。最慘係地下有好多食肆，曱甴超級多！我試過一開零食袋，就有幾隻曱甴衝出嚟。搞到我完全唔敢喺屋企食嘢，曱甴多到我差啲精神崩潰。我心諗「捱一年就即刻搬！」結果真係硬食咗一年。

一年之後我搬去旺角另一間劏房。呢間房對我嚟講係完美！夠光

我，其他住喺香港嘅日本人都有好多都會掛住浴缸。尤其係行咗一整日，真係好想浸浴，而喺寒冷嘅冬天，更加係想每日都浸浴。浸浴可以促進血液循環，令身體溫暖，解放當日嘅疲勞。順帶一提，雖然香港人可能會覺得奇怪，但係日本有唔少人鍾意一邊浸半身浴一邊睇片或者睇書。加咗自己鍾意嘅香薰浴鹽，真係最開心嘅時間。我住喺日本嘅時候就鍾意一邊浸浴一邊睇書。呢啲簡單嘅放鬆時光，唔單止幫我釋放壓力，仲可以令我重拾活力，準備迎接下一個挑戰。■

猛、有大窗，雖然舊啲但有 120 呎，仲有洗衣機。最意想不到係，我同隔籬屋嘅鄰居熟咗。我隔籬住咗位香港女士（化名 D 小姐），當時 60 歲左右，同我媽咪差唔多年紀。我唔記得點解會開始傾偈，不過佢對我超好。佢成日捱夜，兩三點先瞓覺。我有時 OT 夜晚 12 點幾返到屋企，佢都仲未瞓。因為佢間房有窗，成日開住門通風，所以我一返到屋企就見到佢。有時佢見到我返嚟，會話：「吓，咁夜先收工呀？」如果我攰到面青青，佢就會話：「你面色好差喎，飲吓呢個啦！」然後拎啲紅豆、生薑之類畀我。掉轉有次佢感冒，我又拎藥畀佢。之後我拍拖（依家老公）都介紹畀佢認識（笑）。

就係咁，住得開心嘅劏房生活持續咗大約三年。直到有日業主轉咗人加租，我同 D 小姐都決定搬。唔知佢依家點樣⋯⋯希望佢仲身體健康。■

日語增值班

單詞			
	1	大家（おおや）さん	業主
	2	部屋（へや）	房間
	3	改装（かいそう）	裝修
	4	家賃（やちん）	租金

例文		
	「劏房」とは、もともと一（ひと）つだったフラットを改装（かいそう）し、複数（ふくすう）の小（ちい）さな部屋（へや）に分（わ）けて貸（か）し出（だ）したものです。	劏房本來係一個單位，改裝成幾間細細地嘅租房。

香港「滴水」避無可避

我都有試過畀人投訴

喺香港行行人路，有樣嘢真係幾乎冇得避開，就係——滴水！冬天嘅時候好少見，但一到四月，條街又開始會有水滴落你個頭。我平時行街鍾意抬頭望下招牌同窗花，所以行緊路嘅時候成日望上面，有時啲滴水直情滴到眼入面，甚至入咗嘴，真係超崩潰。有時仲見到啲滴水好似成桶水倒落嚟咁，我都會諗：「係咪冷氣壞咗？」不過原來喺香港，**滴水係可以投訴！**根據《公眾衞生及市政條例》，如果有人任由冷氣機滴水影響到人就係違法，最重可以罰款一萬蚊，仲要每日罰多二百蚊。好誇張！

其實我自己以前住劏房嗰陣都試過畀樓上投訴話我間屋啲冷氣滴水。我即刻搵咗業主，叫佢幫手搵師

日本冇滴水？

香港有兩種冷氣機：窗口式同分體式，不過**日本基本上全部都係分體式冷氣機。**我以前住喺日本嘅時候從來未見過窗口式冷氣機。而且日本嘅室外機通常都會安裝喺露台，仲會配有排水喉，所以基本上都唔會見到滴水。

順帶一提，喺日本如果有師傅上門安裝冷氣或者其他電器，基本上都會脫鞋入屋，因為日本屋企普遍都係嚴格禁止着鞋入屋。不過我上網睇過啲討論，有啲日本人會介意師傅着襪入屋，覺得佢哋啲襪未必乾淨；甚至有人會為咗呢個原因，特登準備一對新襪畀技師換。對於呢啲人嚟講，好似香港咁師傅着鞋入屋，應該係完全接受唔到（笑）。

講返轉頭，日本雖然少有滴水問題，但住喺公寓入

傅嚟換冷氣機。雖然最後順利搞掂咗，但過程真係有文化衝擊。第一個衝擊係：師傅入屋係唔除鞋。我嗰時房入面鋪咗細細塊地氈，佢都係照着鞋踩入嚟。我問佢可唔可以除鞋，佢話「唔得，為咗安全着鞋做嘢係必要」。原來係咁樣！最後都只好放棄。第二樣驚訝嘅係我之前完全唔知道香港嘅冷氣機係點裝。**原來「窗口式冷氣」就**

面嘅人又通常會遇到咩麻煩事呢？根據國土交通省每五年進行一次嘅「大廈綜合調查」，喺 2023 年度嘅調查入面，最常見嘅投訴係「生活噪音」，佔 43.6%；其次係「違法泊車」，佔 18.2%；第三位係「飼養寵物」，佔 14.2%。

香港就有《噪音管制條例》，規定任何人喺晚上 11 點至翌日早上 7 點之間，或者公眾假期任何時間，如果喺住宅或公眾地方發出噪音，並對其他人構成滋擾，係屬違法。至於日本，雖然由環境廳訂咗噪音指標，「日間（朝早 6 點至夜晚 10 點）唔應該超過 55 分貝，夜間（夜晚 10 點至朝早 6 點）唔應該超過 45 分貝」，但實際上並冇法律直接規管噪音問題。

我以前住喺日本嗰陣試過被隔籬單位嘅噪音困擾。嗰個住客每晚帶成十個朋友返屋企，開住大大聲音樂，又喺度高聲傾偈！有時啲歌詞清楚到我喺隔籬都聽得出。我向管理公司投訴過，佢哋話

係開個窗位，將部冷氣機塞入去，再用啲漿糊咁嘅嘢封住啲縫，搞掂！當日我第一次見到部冷氣咁樣裝落去，畀我想像中簡單好多真係有啲震撼。

最後一個最大嘅衝擊就係：換冷氣機之後嘅垃圾師傅係唔會幫你執。日本通常換冷氣嗰啲工程，師傅會自己鋪藍色膠布，垃圾都會一齊清走。但喺香港如果你唔想整污糟自己間屋就要自己事前準備。當日啲舊冷氣機留低嘅膠水、零件、灰塵通通散滿喺地板同枱面上，全部要我自己執，真係幾攰。再加上師傅着鞋入嚟，成間房都係鞋印同泥漬，清潔真係好煩。■

會通知嗰位住客嘅保證人，但都冇改善。最後我忍唔住報咗警，警察到場時當然安靜晒，但第二日又再嘈過，真係頂唔順，最後我自己決定搬走。■

日語增值班

單詞			
	1	エアコン	冷氣機
	2	室外機（しつがいき）	冷氣機喉出面嗰部機
	3	クレームします	投訴
	4	うるさい	好嘈

例文	香港（ほんこん）ではよくエアコンの室外機（しつがいき）から水（みず）が落（お）ちています。この状況を「滴水」と言（い）います。	由冷氣機喉出面嗰部機落水，呢啲情況叫滴水。

作者示範

香港屋企冇玄關

香港好少一戶建，幾乎每個人都住大廈。而且由於土地狹窄，住宅自然向上發展。大廈同大廈之間嘅距離非常窄，開咗窗簾都可以見到對面屋企嘅人。我住咗香港大約十年，依家仍然**唔習慣香港屋企冇玄關。**日本嘅屋企有玄關，清楚劃分出穿鞋同唔穿鞋嘅地方，而屋企內部都係唔着鞋。但香港冇明確嘅玄關，所以着鞋同唔着鞋嘅界線好模糊。有一次啱啱同老公開始一齊住時，佢出門口之後發現唔記得帶啲嘢，即刻返嚟屋企，不過佢好趕，冇除鞋就咁走入客廳。我見到佢真係發火啦（笑），同佢講：「冇除鞋就咁入屋？有冇搞錯呀！」。但依家自己有時都會唔

超級方便魚燒格

我覺得日本嘅大廈有但係香港冇嘅設施就係單車嘅停車場。喺日本好多人都會踩單車。大概係上幼稚園就會開始練習踩單車，到咗小學嘅時候，大部分小朋友都已經學識踩單車。**單車對日本人嚟講係一樣好重要嘅交通工具，**唔單止用嚟返學，甚至大人都有可能會踩單車返公司。我自己係成為社會人之後多數都係搭電車返工，但係假日去屋企附近超市買嘢就會用單車。於是**日本嘅大廈通常都會有單車停車場。**

另外，日本嘅公寓或者大廈多數都有露台。不過日本同香港嘅露台有啲唔同，日本嘅露台係同隔籬單位相連嘅。中間通常係一塊薄薄嘅板，呢塊板係為咗萬一發生火災等緊急情況，

記得帶嘢返屋企，差啲都想冇除鞋就咁入屋。

另外，冇浴缸都係唔習慣。雖然有啲屋企有浴缸，香港大部分屋企只有淋浴。日本人鍾意浸浴，特別係經過長時間行路或者坐喺辦公室做嘢好攰嘅時候，真係好想好想浸浴。我記得啱啱嚟香港冇耐嗰陣，有一次工作好攰，好想浸浴。我以為香港都有類似溫泉嘅地方，開始搵邊度有溫泉。但係 search 咗好耐都搵唔到，竟然真係冇！最近都係台灣。嗰陣我真係諗過要唔要去台灣浸浴（笑），因為真係好掛住浸浴。

香港同日本嘅房間設計都有啲唔同。最初我覺得香港每間房都好細。雖然土地有限，但香港人好擅長利用空間。例如有啲床會設計得較高，床下整地台櫃。有啲屋企會設置閣樓。仲有啲屋企會做變身家具，將書枱同床合二為一，實用又節省空間。香港嘅裝修設計師好有創意。■

可以撕開作為逃生通道。至於香港嘅大廈，露台係獨立嘅設計，唔會同其他單位連接，所以香港唔會見到呢種設計。

日本同香港嘅家電都有唔同。首先係廚房。日本人鐘意食魚，尤其係燒魚，所以**好多日本屋企嘅爐下都有「魚燒格」**，呢個設施可以令魚皮脆脆，內裏又嫩滑，比起用煎鍋更加好食。跟住就係洗淨馬桶座。依家大部分家庭應該都有安裝溫水洗淨便座，秋冬季節馬桶座會暖和，唔使喺凍嘅時候坐喺冷冷嘅馬桶上。再有就係頭先講過嘅「浴室」。日本嘅浴室已經進化咗好多，熱水器控制器有「預約」功能，可以跟返返屋企嘅時間預約儲熱水。仲有「追熱」功能，如果浴水冷咗，會自動追熱保持溫暖。同埋唔少浴室仲有暖風乾衣機，可以喺雨天時都方便晾衫，好實用。■

日語增值班

單詞

1	ウォシュレット	溫水洗淨便座
2	使い方	使用方法
3	湯舟	浴缸
4	お風呂に入ります／入浴します／湯船に浸かります	浸浴

例文

1	すみません、ウォシュレットの使い方を教えてもらえますか？	唔好意思，可唔可以教我點樣用溫水洗淨便座？
2	香港では湯船に浸かる習慣がありません。	香港冇浸浴嘅習慣。

日本人唔習慣睇中醫

香港人好似個個都有基本中藥知識！

嚟香港之後，我發現香港人對健康的關注程度及意識都好高。**街頭隨處可見有涼茶舖，好多人喺工作中間停下來喺涼茶舖飲涼茶，**只需幾十秒鐘。好多家庭嘅媽媽都會煲湯。而地鐵站亦有賣即食湯舖。如果同事聽到我講有痱滋，佢哋就會話：「熱氣呀，你應該飲○○」。**香港人對健康嘅認識好深入，甚至令我覺得佢哋幾乎係中醫！**

我以前未聽過同唔知道「綠茶係屬於陰，會令身體變寒！」、「生理期間唔可以飲凍嘢！」等等。可能香港人會覺得好驚訝。有時我一邊攞住凍檸茶一邊話：「今日 M 痛，好痛呀！」同事會即刻話：「唔得喎，唔可以飲凍嘢！」 因為

唔睇中醫點搞身體不適？

日本人平時冇睇中醫嘅習慣。因為本身日本都好少有中醫師。我自己就只係試過一次，就係以前喺一間普通診所睇病，嗰次啱啱醫生開咗中藥畀我。嗰陣時我患咗一種叫「咳喘息」嘅病。醫生開咗粉狀中藥畀我食，點知食咗幾次之後，好快就好返，令我好驚訝，印象都好深刻。

咁日本人身體唔舒服嘅時候通常會點做呢？基本上都係**直接去睇西醫，或者先買啲市面上嘅成藥試下，**再睇情況。如果唔係太嚴重，有時甚至咩都唔做。好似「最近生咗粒痱滋，幾個星期都唔好！」，日本人多數都唔會理，頂多可能有人會食下維他命 supplement。再例如「每

第一次飲涼茶嘅我。

喺日本無睇中醫嘅習慣。我嚟到香港先知原來所有食物都會有陰陽嘅分類。可能好多日本人都唔知道。其實日本冇「熱氣」呢個概念。

我同老公啱啱拍拖嘅時候，話過自己對睇中醫有興趣，佢就同我講有個熟悉嘅中醫，帶我一齊去睇。我最擔心嘅係價錢。因為之前從來都冇試過睇中醫，完全唔知大概幾錢。跟住問咗老公：「大概幾錢？」佢話「應該唔會好貴」。我心諗：「應該唔會好貴，咁即係幾多錢呢？」結果藥費同診金加埋，四日嘅藥物總

個月經痛得好緊要」呢啲長期困擾，香港人可能第一時間會諗去睇中醫，但日本人通常都係靠市販藥止痛，真係頂唔順先會睇西醫。

記得疫情嗰陣好多人中咗招之後，雖然退咗燒但係咳同疲倦感一直唔散，出現所謂後遺症。我估香港應該有唔少人會搵中醫調理。而我自己都一樣，退咗燒之後一直有乾咳，後來係朋友建議我：「呢啲情況唔如試下搵中醫睇下啦。」但喺日本，中醫師根本唔常見，所以處理身體不適嘅方法，同香港就差好遠。

講開又講，唔知大家有冇入過日本嘅便利店呢？**喺便利店入面**

共 $700。我純粹只係想輕鬆體驗一下睇中醫，但對於當時嘅我嚟講真係太貴，實在嚇咗一跳！

之後我冇太多健康問題，老公介紹嘅中醫師又離我屋企好遠，所以幾年冇去過。幾年之後身體開始有唔舒服，我再搵咗其他中醫。去過幾間中醫，原來中藥有好多唔同嘅形態。**有啲中醫師開粉末，有啲開液體，仲有啲開藥丸。**不過，我覺得最有效嘅方法係直接煲藥材。雖然返屋企自己要煲，但係效果出得好快，亦都好明顯，真係嚇到我。原來中藥嘅藥材咁強大。■

你會見到一個專櫃，成個櫃由上到下都擺滿晒裝喺玻璃樽或者膠包入面嘅營養飲料。對於日本人嚟講，中藥唔常見，但係營養飲品就係好普遍嘅存在。我以前喺日本返工嗰陣都有時會飲營養飲料。例如覺得好攰皮膚開始差就會飲含有維他命成份，有助改善皮膚狀況嘅營養飲料。如果要開長途車就會飲啲幫助提神嘅營養飲料。或者純粹想快啲解除疲勞就會揀啲含有牛磺酸嘅營養飲料。根據唔同狀況去揀唔同類型嘅營養飲品。

日本便利店營養飲料專櫃。好多上班族都會買

可能香港人對呢啲飲品印象未必太好，覺得係啲提神飲料，但其實唔同。

日語增值班

單詞			
	1	漢方医(かんぽうい)	中醫
	2	漢方薬(かんぽうやく)	中藥
	3	病院(びょういん)に行(い)きます	睇醫生
	4	ひどい	（健康問題）嚴重
	5	栄養(えいよう)ドリンク	營養飲料

例文			
	1	日本人(にほんじん)は漢方薬(かんぽうやく)を飲(の)む習慣(しゅうかん)はないですが、栄養(えいよう)ドリンクはよく飲(の)みます。	日本人冇習慣飲中藥但係好多時飲營養飲料。
	2	風邪(かぜ)を引(ひ)いたので病院(びょういん)に行(い)きます。	因為感冒，去睇醫生。

有啲日本嘅藥房開「漢方」

日本嘅營養飲料多數係由製藥公司出品，佢哋會被分類為「醫藥品*1」或者「指定醫藥部外品*2」，成分同效果都係受到規管嘅。有啲飲落去甚至會覺得有涼茶嘅味道。當然，最理想係每日都食得健康，營養均衡，但係現代人生活繁忙，食飯時間都唔穩定，呢啲時候，營養飲品就變成一個方便又實用嘅選擇。喺日本營養飲品就係一種「調理身體」嘅方法。■

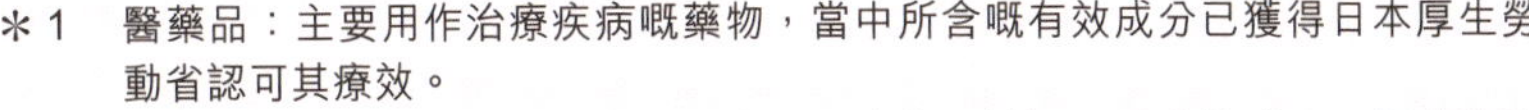

*1　醫藥品：主要用作治療疾病嘅藥物，當中所含嘅有效成分已獲得日本厚生勞動省認可其療效。

*2　醫藥部外品：屬於類似醫藥品嘅產品，含有已被認可具療效成分，但藥效比真正嘅醫藥品溫和。

街市好新奇

香港篇

原來榴槤咁好味！

喺香港買蔬菜或者生果，我有時會去超市，不過多數都係去街市。**我真係好鍾意香港嘅街市！**街市有好多吸引嘅地方，最重要係，好開心好有活力！啲蔬菜生果色彩繽紛，檔主又好有精神，成個氣氛都好熱鬧，去到都會覺得有正能量。同日本唔同，喺街市啲菜同水果唔係裝喺膠袋入面，而係赤裸裸咁一大堆咁擺出嚟，睇落去特別新鮮！好容易就會忍唔住想買返屋企。賣嘅方式都同日本唔一樣，有啲係好似「5 個 20 蚊」咁樣計逐件賣，不過亦有「2 磅 30 蚊」咁樣嘅磅賣，呢啲就幾有香港特色。我喺日本就好少見到咁樣磅重賣嘢。

嚟香港之前我以為大家都係亞洲地區，食開嘅蔬菜生果應該差唔多，但原來完全唔同。街市入面有好

東瀛篇

無人野菜販売所

日本都有啲好似香港咁嘅街市，不過數量好少。大部分日本人都係喺超市買生果、蔬菜或者肉類。而且喺日本，啲食材大多數都預先包裝好，客人基本上唔可以自己揀。咁樣雖然衛生，唔使擔心其他人掂過，但我習慣咗香港街市之後，依家去日本超市就會覺得膠袋用得有啲過多。

另外，喺日本買肉，通常都係已經根據部位分好，包好咗放喺雪櫃入面賣。相比之下喺香港嘅肉檔，有時會見到職員即場劏豬，或者有啲街市仲會賣生雞，呢啲畫面可以令我哋更加實感受到生命嘅珍貴。

至於蔬菜點樣種，日本人可能反而識多啲。日本有

香蕉成串寫住價錢，好有趣！日本賣香蕉通常係一袋裝定幾條，價錢都係一樣，唔係計重量！

好多獨立屋，而**好多獨立屋都會有個細花園，所以唔少人會喺自己屋企種菜。**我屋企都係咁，之前種過青瓜、蕃茄、迷你蕃茄、茄子、紫蘇、士多啤梨、粟米、黑莓、毛豆、青椒等等。因為我哋知道種植嘅過程，所以食蔬菜生果嗰陣會更加覺得珍惜。

仲有雖然唔係街市，喺日本仲有一種叫「無人野菜販売所」嘅地方。意思就係冇人睇鋪，但擺咗啲菜喺度賣。如果係喺自己塊地上面開設就唔需要申請，通常都係農家屋企附近。其實呢種形式好早已經存在，不過喺疫情期間因為唔使接觸人都買到菜，變得更加受歡迎。返到鄉下都會發現依家比以前多咗好多無人販売所。

除咗賣菜，近年仲多咗賣餃子或者急凍肉類嘅自動販賣機。無人販売所嘅做法好簡單，啲菜擺咗喺屋入面，**買嘅人就自己將錢擺入收錢箱。因為冇職員喺度，全靠大家嘅「信任」去維持。**不過多從世界各地入口嘅食材，好多我都係第一次見。最有印象嘅係榴槤。我以前淨係聽人講話榴槤好臭。嚟咗香港之後，我先喺甜品店試咗榴槤味嘅甜品，點知好好味，先發現原來我係食到榴槤嘅人。

第一次喺街市買成個榴槤記念日，偷偷哋自己食，無同老公講！

第一次食生榴槤，係喺朋友屋企。生榴槤同甜品入面嘅榴槤味道完全唔同，更加香濃、更加 creamy，真係超級好味！之後我開始自己

都有啲人會唔畀錢就拎走，或者只放 10 円，明明寫住 100 円。為咗防止呢啲情況最近開始出現多咗用儲物櫃形式嘅無人販売所。要放咗錢先可以開櫃門，咁就更加安全。

我係北海道出世，嗰陣時木瓜、芒果、榴槤、菠蘿蜜呢啲熱帶水果幾乎買唔到。可能依家高級百貨或者網店買到。記得細個讀小學時，有一日班主任話佢喺生果舖搵到一個木瓜，買咗返嚟比我哋一齊試。大家都係第一次見木瓜，好興奮，因為住喺北海道嘅我哋冇人食過。之後老師將個木瓜切到三十份，每人一小舊。老實講我唔記得個味係點，但對於嗰次寶貴經歷我真係好感激。■

去街市買榴槤。榴槤唔平，所以唔可以成日買。不過有啲日子，例如工作辛苦完，就會獎勵自己買一個。

第一次自己買果陣我都擔心唔識點樣開，但原來檔主會幫你開好，再用報紙包起，方便又貼心。唯一可惜嘅係，我老公唔鍾意榴槤。所以想食嘅時候我會趁佢未返嚟之前偷偷去買，自己一個喺屋企慢慢食（笑）。

除咗榴槤，我嚟香港之後先第一次食棉花果、釋迦頭、牛奶蕉。其實我以前唔鍾意香蕉，但係街市嘅牛奶蕉好 milky，味道滑滑地，我依家反而好鍾意。

另外，**香港街市賣肉嘅方式都幾特別。唔同部位都有得賣，而且啲肉就咁掛出嚟**，好新鮮。我住喺旺角果陣，屋企附近就有街市。有一日朝早返工出門口，見到有輛貨車停咗喺街市門口，我

小學回憶。30 個學生一齊 share 一個木瓜。

以為係送菜或生果。點知車尾一開，原來係一隻隻吊住嘅豬滑落嚟，我真係嚇到呆咗。**喺日本我淨係見過包裝好嘅肉，親眼見到成隻豬真係衝擊！**

雖然住咗香港咁耐，但我到依家都未喺街市買過魚。因為香港嘅魚同日本好唔同，我又唔識點樣處理。日本多數係刺身或者燒魚，香港就通常係蒸。唔知將來我會唔會鼓起勇氣，自己買條魚返嚟整呢？都期待下自己會有呢一日啦！■

日語增值班

單詞	1	マーケット	街市
	2	野菜（やさい）	蔬菜
	3	果物（くだもの）	生果
	4	ドリアン	榴槤
	5	いくらですか？	幾多錢？

例文	1	ドリアンはとてもクリーミーで美味（おい）しいと思（おも）います。	我覺得榴槤好 creamy, 好好味。
	2	全部（ぜんぶ）でいくらですか？	總共幾多錢？

時裝潮流大不同

夏天都着住厚黑絲襪!?

我覺得香港同日本時裝文化最大嘅分別，就係對「潮流」嘅重視程度。點解咁講呢？喺日本，每年都一定會有「今年流行透明（透膚布？）素材」、「流行短版闊腳褲」之類，好多「今年流行〇〇」呢啲字眼出現。時裝店都會跟住賣啲流行款，消費者都會買返嚟着。如果淨係話「流行〇〇」，都仲可以接受，但係日本仲會成日話「貼身牛仔褲已經過時啦」、「收腰羽絨依家唔啱着啦」等等，好似有咗流行之餘，仲要有「唔應該再着〇〇」呢種標準。呢啲講法喺雜誌同社交媒體成日都見到。做 model 或者喺時尚行業工作嘅人，可能真係要注意呢啲 trend，但係如果連普通人都要

每年都要買啱潮流嘅衫

正如上面提過，日本人對潮流非常敏感，甚至有時候會嚴格過頭。呢種風氣雖然令大家更加注重個人衣著同儀容，令**整體日本人嘅打扮水平睇落更高，**畀人一種整齊、有型嘅印象，但如果太過介意，可能會演變成「每年都要買啱潮流嘅衫」咁極端嘅諗法。結果就係**每年都會換季買新衫！**

近年 Fast Fashion 品牌愈開愈多，睇吓 YouTube 都會發現好多網民分享每季都會買新衫。買新衫即係要清出空間擺新衫，所以唔著嘅舊衫自然要處理。有啲人會賣去二手店，但都有唔少人選擇用「斷捨離」方式，大量掉舊衫。我自己認為，為咗追趕潮流而年年大量買

香港冬天比較多人着羽絨。香港好多男士都戴眼鏡（戴太陽眼鏡嘅人唔多）。香港天氣好熱夏天好多人着短褲。日本女仔返工着裙嘅話要着絲襪。

衫再大量掉衫呢種消費文化，未必真係健康。如果真係咁做，不如選擇買少啲但質素高啲嘅衫，咁可以着耐啲，亦唔使咁浪費。

講到儀容，日本社會好重視，甚至認為係社會人基本禮儀。我覺得呢點其實係好事。打理好自己唔單止可以令心情變得更專注、更有精神，仲有助於畀人好印象，喺工作場合都比較容易建立信任。有啲公司會喺新人入職時，請外部禮儀導師嚟開「身だしなみ」（儀容）講座，人材派遣公司都會有類似嘅培訓。講座內容例如：男士方面，建議每日剃鬚或者整理乾淨，頭髮唔好太誇張，最好用啲髮蠟整理一下；流汗後要用濕紙巾抹身；鞋都要定期清潔。而女士方面，就建議頭髮或指甲保持自然色系、**化淡妝（素顏會被視為唔得體）、**

日本男士必須用品：剃鼻毛機

跟晒，咁就真係有啲太嚴格啦。我自己就覺得比起潮流，乾淨感更加重要。相比之下，**喺香港我就好少聽到「今年流行咩咩咁」，大家好似都係著自己鍾意嘅風格，好有自由度。**我幾鍾意香港呢種隨意又自在嘅氣氛。

至於上班服飾，香港同日本都真係幾唔同。雖然都要睇返唔同職業，不過整體嚟講，香港上班族嘅打扮明顯比日本 casual 啲。有女仔可以唔化妝出門，又有人會着迷你裙、短褲返工。如果喺日本着短裙短褲之類露腳嘅裝束，通常會要求着絲襪，當作一種禮貌。至於男士，夏天都好多人係 T 恤加牛仔褲咁返工。我自己分析，香港上班穿搭咁 casual，應該同天氣有關。咁熱嘅天氣如果又要着絲襪又要打呔，着西裝，實在太焗啦，做唔到嘢。

日本女士必須用品：絲襪

如果着裙嘅話最好係膝頭或以下嘅長度，太短會畀人感覺唔專業；涼鞋或者露趾鞋一般都唔建議着。

講起儀容，我都諗起一樣事：喺日本唔少人食完 lunch 會喺公司刷牙，幾乎人人手袋入面都有自己專用嘅牙刷。我喺日本返工嗰陣都一樣，**lunch 後刷牙係基本習慣。**因為大家差唔多時間食完飯，所以 lunch 後洗手間經常都塞滿刷緊牙嘅人（笑）。之後我喺香港開始工作照舊帶牙刷返工，諗住照做，不過發現竟然冇人會咁做，令我好驚訝。最後我都開始配合同事，唔再 lunch 後喺公司刷牙（笑）。我心諗：會唔會喺香港嘅辦公室廁所刷牙，其實係冇禮貌？如果真係咁，咁就唔好意思啦。■

講開又講，我第一次嚟香港旅行嗰陣，真係有件事令我覺得好奇怪。記得嗰日係九月，天氣超熱，我喺中環、尖沙咀行街，見到唔少香港女仔着住成套西裝，腳上仲着住厚黑絲襪！我心諗：「咁熱嘅天氣，點解佢哋着到咁？」

呢個疑問困擾咗我好多年，直到幾年前先解開！有一日我喺中環約咗個喺嗰度返工嘅香港朋友 lunch，佢就啱啱着住我頭先講嗰種打扮 —— 西裝加厚絲襪。我忍唔住問佢：「你唔熱咩？」佢即刻笑住答：「公司冷氣開到好誇張，好凍呀嘛！」我終於明晒啦 —— 原來喺辦公室做嘢時間長嘅人，為咗抵擋冷氣夏天都會着得比較厚！■

日語增值班

作者示範

單詞			
	1	着(き)ます	着（上半身衣服）
	2	履(は)きます	着（下半身衣服）
	3	断捨離(だんしゃり)	日本潮流嘅一種整理屋企方法。淨返自己真係需要或鍾意嘅嘢，其他就唔留戀，唔要就丟。等生活乾淨啲、心舒服啲。
	4	ストッキング	絲襪

例文			
	1	日本人(にほんじん)は会社(かいしゃ)にスカートを履(は)いて行(い)くとき、なぜストッキングを履(は)くのですか？	點解日本人着裙返工時要着絲襪？
	2	家(いえ)に物(もの)が多(おお)くて汚(きたな)いので断捨離(だんしゃり)したいです。	屋企有好多嘢，好亂，想斷捨離。

冬天都要開冷氣!?

香港篇

唔鍾意「濕凍」

香港雖然係亞熱帶氣候，但冬天都有機會低過 10 度。即使唔係低過 10 度，因為香港濕度高，其實大約 15 度都已經覺得好凍，真係所謂嘅「濕凍」。但最誇張嘅係，**香港大部分冷氣機居然冇暖氣功能！**

我以前試過喺香港醫院住院，應該係 12 月。嗰陣出街見到好多人都着住羽絨。我住嘅係二人房，不過第一日入院嗰陣，淨係得我一個。一入病房我就覺得「嘩，超級凍！」最離譜嘅係，咁凍之下冷氣仲開到好勁。我即刻搵遙控熄咗佢，原本仲想開暖氣，但一睇根本冇得開，結果唯有繼續着住外套喺房入面頂住。冷氣熄咗之後，雖然都仲係凍，不

東瀛篇

「10度，幾暖呀」

香港嘅 10 度同日本嘅 10 度，其實感覺好唔同。如果我喺日本睇天氣預報，話聽日 10 度，我就會同阿媽講：「聽日得 10 度咋喎，幾暖呀！」特別係我嘅鄉下北海道，濕度唔高，所以唔會覺得「濕凍」，就算得 10 度都唔算太凍。而且**日本冬天，商場、餐廳、交通工具入面都開住暖氣，**所以身體唔會冷，就算出面幾凍都頂得住。

講起暖氣，冬天成日有香港人問我：「日本啲交通工具啲暖氣開得咁勁，日本人唔會覺得辛苦咩？」呢個問題問得好！其實真係幾熱，特別係搭電車嗰陣，着住外套會覺得少少焗。

不過我喺日本住嗰陣，雖然有時覺得「暖氣開得有啲勁喎」，但都冇試過覺得「熱到唞唔到氣」嗰種感覺（笑）。我諗應該係因為我習慣咗。有啲住喺冇咁常開暖氣地方嘅日本人，可能會覺得好似入咗桑拿咁，都唔出奇。

日本嘅冷氣機大部分都可以開冷氣又可以開暖氣（除咗沖繩之類嘅地方）。夏天開冷氣，轉凍就開暖氣。但其實我父母屋企冬天係冇用過冷氣開暖氣功能，講真，直到舊年先至裝咗冷氣機。以前北海道夏天都好涼爽，基本上唔使用冷氣。不過近年天氣極端，就算喺北海道都有愈嚟愈多屋企開始安裝冷氣機。

咁冬天點過呢？我哋會用煙囪式嘅石油爐。喺北海道呢啲寒冷地方，石油爐比起冷氣機更加實用。因為冬天落雪會冚住室外機，有時凍到室外機都郁唔到。

過着住外套勉強捱到。

第二日，另一位病人搬入嚟。一入病房佢就自言自語話：「點解冇風嘅？」之後護士一入嚟，佢即刻話：「呢間房點解冇風啊？可唔可以開返冷氣？」我心諗：「吓？依家咁凍你都要開冷氣？唔係呀嘛？」我想即刻搵啲嘢講打斷佢哋對話，但諗唔到講咩，就喺我諗緊嘅時候，護士已經行過去開咗冷氣。嗰一刻，我真係覺得絕望。

之後幾日我就係咁喺房入面凍到震。我叫老公幫我攞多啲衫同暖包，又同護士攞多張毛氈，但都唔夠暖。呢件事我試過喺 Instagram 度講過，跟住好多 follower 話：「醫院啲冷氣係用嚟幫病房通風，所以最好唔好熄。」不過我心入面都覺得：「用冷氣通風？真係有幫助咩？」雖然咁講，但都唯有接受，始終「入鄉

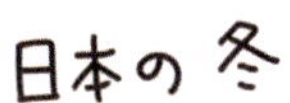

雖然有啲寒冷地區用嘅冷氣室外機會加裝防凍 heater，但都唔一定頂得住，如果凍咗冷氣機就開唔到。而且石油爐嘅暖力強好多，屋企入面成日都暖笠笠，唔使着咁多衫。

講起凍，北海道有時凍到連室外機都會結冰。如果冬天要長時間唔喺屋企，或者就算只係夜晚氣溫預測低過零下四度，臨瞓之前都要做一樣嘢，叫做「水抜き（みずぬき）」。意思係要將水喉同熱水爐入面啲水放晒出嚟。如果唔做啲水會結冰，同埋冰又會膨脹搞到水喉爆裂。呢個係啲第一次喺北海道過冬天嘅人成日會忽略嘅嘢。如果大家有打算移居北海道，記住要注意呢樣嗰～。■

隨俗」啦，喺香港冬天都照樣開冷氣可能真係比較普遍。

仲有一次，屋企個熱水爐開始壞壞哋，雖然揿幾下仲用到，我就話不如搵師傅嚟修，但老公就話：「未完全壞，可以照用住先啦。」咁我哋就繼續用住。

點知有一日，啱啱我沖緊涼嘅時候，個熱水爐終於真係壞晒，冇熱水，只剩凍水。嗰日超級凍，根本冇可能用凍水沖涼。結果點做呢？老公喺廚房煲熱水，之後拎去浴室，我將熱水倒入已經裝住凍水嘅水桶，再慢慢加熱水去沖身。用完一輪，佢又去再煲，再拎過嚟，又再倒落去，如此類推。簡直原始生活模式（笑）。

因為同師傅夾唔到時間，呢種生活維持咗幾日。依家諗返都覺得好搞笑，不過都係我一世唔會忘記嘅回憶！■

日語增值班

作者示範

單詞

1	冬	冬天
2	病室	病房
3	看護師	護士
4	寒い	（天氣）凍
5	クーラーをつけます	開冷氣
6	クーラーを消します	熄冷氣

例文

1	看護師さんすみません、病室が寒いのでクーラーを消してもらってもいいですか？	唔好意思護士，因爲病房好凍，可唔可以幫我熄冷氣呀？
2	香港人は冬でもクーラーをつける人が多いです。	好多香港人冬天都開冷氣。

家庭用餐「膠枱布」

咁都得！？好方便喎

第一次去老公屋企食飯嗰陣，有一樣嘢令我好驚訝，就係**成張飯枱鋪咗塊膠袋！我初初以為係因為枱面有啲損傷，怕危險所以先鋪膠袋**。點知原來唔係咁。因為香港餸菜成日有骨，而食飯期間啲骨就會直接放喺枱面上，所以鋪膠袋其實係為咗方便之後清理。只要將塊膠袋一卷就可以連埋啲骨同垃圾一齊拋，執嘢就變得輕鬆。

我第一次見到呢個做法嗰陣覺得「嘩，咁都得！？好方便喎！唔怪之得香港人咁著重效率！」仲有，**我一直以為嗰啲膠袋係將垃圾袋剪開嚟用，後尾喺藥房見到「膠枱布」，原來已經商品化**。咁樣即係話香港真係有唔少家

一人一對專屬嘅筷子

喺日本屋企食飯時我哋冇使用膠枱布嘅習慣，會直接將碟同碗擺喺食飯枱上面。就好似我第一次見到香港嘅膠枱布時覺得好驚訝咁，外國人可能都會對日本嘅食飯習慣感到驚訝。頭先我有提過日本每個人有自己專屬嘅筷子，呢個係一個日本特有嘅文化。其實喺日本筷子有時會比喻做夫婦，因為一對筷子通常係兩支合併，所以係一個象徵好意頭嘅禮物。叫做「夫婦箸」，通常係結婚禮物或者長壽祝賀禮物。我結婚嗰陣時都有朋友送咗我幾對夫婦箸。其實我仲記得我中學修學旅行嘅時候都買過夫婦箸送畀我嘅爸爸嘅父母。另外香港嘅筷子大部分都係膠製，但係喺日本木製筷子比較普遍。

庭會用膠枱布。我覺得幾得意嘅idea。

講到食飯文化，除咗膠枱布之外，其實香港同日本仲有唔少唔同。例如食器方面，日本通常會將每樣餸分開一人一碟擺出嚟，而且啲碟款式形狀，顏色都好多種類。但係**香港就多數用啲銀色不鏽鋼碟將餸菜擺喺枱中間，大家自己攞自己想食幾多**。呢個習慣對於日本人嚟講都幾出奇。

另外，關於「筷子架」嘅使用香港同日本都有啲唔同。香港有啲餐廳會提供筷子架，主要係防止筷子滾落或者令食飯枱唔會污糟，但我諗香港家庭用筷子架嘅機會唔算多。不過喺日本唔少家庭都會用筷子架。

日本對筷子有唔少禮儀，其中一個就係唔應該喺食嘢途中將筷子直接擺喺碗上，因為呢個係一種叫「渡し箸」，冇禮貌行為。所以**使用筷子架唔單止係防止筷子滾落或者避免弄污食飯枱，仲有一個好處就係可以幫助大家遵守禮儀**。日本嘅筷子架款式好豐富，例如動物形狀、食物形狀、花卉形狀等。如果用可愛嘅筷子架，食飯嘅時候感覺更加開心。

「每樣餸分開擺碟」都係日本嘅一個習慣。日本四季分明，從古至今我哋都好重視季節轉換帶來嘅顏色變化。對於食物，唔單止其實喺日本，呢啲銀色不鏽鋼碟通常淨係會喺準備食材嘅時候用。例如拌蛋、裝切好嘅菜等等。但係香港就直接當正式餐具嚟用。

仲有，筷子都唔同。香港好多家庭會有幾對款式一樣嘅筷子，唔一定會規定邊個用邊對筷子。但係日本就會一人一對專屬嘅筷子，例如紅色係媽媽、六角形係爸爸、綠色係我咁樣。喺海外生活有時先發現原來自己以前以為理所當然嘅習慣，其實係日本特有嘅，覺得好有趣。■

注重味道，仲會**透過眼睛去享受食物**。所以喺日本我哋會喺料理嘅擺盤同食器上都融入季節感。例如夏天食素麵時會用玻璃器皿，而秋天食飯就會用啲色深嘅碟，根據季節同埋 menu 嚟

日本筷子架有多種款式，食飯嘅時候感覺更加開心。

日語增值班

單詞			
	1	箸（はし）	筷子
	2	箸置（はしお）き	筷子架
	3	後片付（あとかたづ）け	收拾
	4	ビニール	膠

作者示範

例文			
	1	この箸置（はしお）き可愛（かわい）いですね。どこで買（か）いましたか？	呢個筷子架好得意喎！喺邊度買㗎？
	2	香港（ほんこん）の家庭（かてい）ではテーブルにビニールを敷（し）いてごはんを食（た）べたりします。そうすると、後片付（あとかたづ）けが楽（らく）だからです。	香港有啲家庭會喺食飯枱鋪膠枱布，因爲咁樣就食完飯之後容易執返好。

調整食器，從而去享受四季嘅變化。另外，據說日本料理「五色」（紅、籃、黃、白、黑）配齊會令菜式更好味，因此有時日本人會根據食器顏色來調整擺盤。

至於我屋企愛用嘅食器係我之前喺西環正街買嘅「繼公碗」，同埋喺朱榮記買嘅「萬壽無疆」圖案嘅碟。繼公碗多數喺晚餐食日本菜時用，因為佢嘅深度啱啱好，所以我好鍾意。而萬壽無疆嘅碟就係 Colorful，感覺好精神，通常用嚟食早餐時或者食沙律，係每日生活中嘅小快樂。■

萬眾期待8號波

香港篇 大家眼睛反而閃閃發亮

喺香港有颱風，天文台就會掛「風球」。我喺香港住咗十年，宜家已經好熟悉呢個制度，但係啱啱嚟香港嗰陣，花咗唔少時間先明白「八號風球就唔使返公司」呢個規矩，因為日本係無呢啲安排。

每次知道就嚟打風嘅時候，香港人嘅反應幾得意。平時唔睇新聞嘅人都開始好勤力咁查新聞，開 YouTube 就見到好多頻道直播「天文台會唔會出八號風球？」、「幾點掛八號風球？」。平時啲收視唔多嘅頻道都一夜之間幾萬 view！仲有啲同事話：「聽朝可能八號風球，所以今晚可以唔使咁早瞓！」。第一次見到呢種情景我覺得幾得意。我本來覺得颱風

東瀛篇 日本冇「風球」制度

日本打風嘅時候係點樣呢？先講學校，日本冇「風球」制度，所以冇香港咁嘅「三號風球幼稚園放假」、「八號風球小學以上放假」呢啲規矩。**如果颱風威力太勁，學校覺得有需要放假就會用 email 通知家長。**

至於返工，基本上都係自己判斷。有時有人會問我：「日本公司冇關於打風嘅規定咩？」但係喺日本，當發生天然災害嘅時候，法律上其實冇規定公司需要停止返工。公司擁有權利要求員工返工，就算係打風等嘅災害時都係咁。但係，作為僱主，佢哋有責任保護員工嘅安全。如果有生命危險嘅情況，當然僱主應該避免要求員工返工，確保員工嘅生命同健康係優

係負面嘅嘢，點知喺香港，大家眼睛反而閃閃發亮！

講返，結婚之前我住喺一間無廚房嘅房，根本冇煮飯，但係結咗婚之後搬去有廚房嘅屋企，開始慢慢煮飯。記得有一日，聽日可能會出八號風球時，老公媽媽打電話嚟提醒我：「聽日可能係八號啊，記得今日早啲去買菜喎！」我當時唔係好明佢意思，問咗佢先知道，**原來打風嗰日超市同街市可能唔開，就算開到菜價會貴啲，所以要買菜就早啲去買。**對於日本人嚟講「加價係唔好嘅行為」，所以對呢個香港嘅做法，我覺得幾新鮮。

八號風球當日終於到。雖然出面落雨冇咁大，但係風好勁。嗰日喺屋企食緊早餐時，老公媽媽又打電話嚟：「你琴日有冇買到菜？」我同佢講：「買到啦！今日啲風好大喎，唔好出去啊！」點知佢笑住話：「我依家同爸爸飲緊茶！」……竟然！我原本以

先考慮。

如果颱風大到影響交通，好難返到公司嘅話，通常自己要打電話畀公司話今日返唔到。但係呢啲情況真係好罕有，**日本人幾乎唔會因為打風而唔返工。**雖然疫情之後日本人對「休息」嘅概念改變咗，但係依然有「做嘢時間愈長愈好」、「唔請假等如好認真」咁嘅諗法。雖然唔會因為打風請假會影響到升職，但係好多日本人會諗「如果自己唔返工嘅話令其他同事麻煩」、「大家都返工，所以我都要返工」等等。

我喺日本做嘢嗰陣，從來無見過有人因為颱風而請假。我自己都係，無論幾大風雨都返工。反而擔心颱風令到交通亂，如果遲到就會麻煩，所以**打風時特登早啲出門返工。**仲有打風嗰陣因為成身都濕晒，**我通常會帶埋替換嘅衫同襪返公司，以防萬一！**喺日

為八號風球唔應該出門，**點知原來香港人諗法唔同，反而趁放風假同家人飲茶，仲話好開心。**我聽到即刻話「吓？！打風都去飲茶？！」笑到被食緊嘅麵包噎住。■

本，個人儀容好重要，但最基本嘅原則係「唔好令對方感到不愉快」。例如，落雨濕咗鞋，鞋入面有臭味……或者落大雨濕咗衫，冇即時抹乾，水珠一滴一滴咁滴落，咁嘅狀態去入公司返工……咁樣會令到周圍嘅人感到困擾。所以，為咗避免咁嘅情況發生，有啲人會隨身攜帶替換嘅襪子，衫或者手巾。■

日語增值班

作者示範

單詞			
	1	天気予報（てんきよほう）	天氣報告
	2	台風（たいふう）	颱風
	3	気（き）を付（つ）けます	小心

例文			
	1	天気予報（てんきよほう）によると、明日（あした）は台風（たいふう）です。	根據天氣報告，聽日會打風。
	2	風（かぜ）が強（つよ）いので、外（そと）を歩（ある）くとき気（き）を付（つ）けてください。	出面好大風，行路小心。

超市竟然賣呢啲？

香港篇

竟然賣蒸餾水？

啱啱開始 Youtube 嘅時候我同幾個住喺日本嘅日本朋友報告「我開始咗 Youtube channel 啦！」。其中個朋友以前有住過香港。佢都好鍾意香港，所以佢好支持我。有一日同佢傾偈嘅時候佢突然同我講「係喎！香港有賣蒸餾水！你可以考慮拍蒸餾水主題嘅影片喎～」我覺得非常有趣，因為對於日本人香港超市賣蒸餾水好奇怪。於是我即時準備拍「香港竟然賣呢啲？」，結果好受歡迎。其實呢條篇受歡迎係多得朋友（笑）。

大家平時喺超市或者便利店買水，有冇諗過自己買緊咩水？喺香港超市買到嘅，其實唔係天然水，而係蒸餾水。**我喺日本飲開天然水，嚟到香港先第一次飲蒸餾水。**嗰陣時我心諗：「天然水應該一定

東瀛篇

日本人唔飲蒸餾水

講起「蒸餾水」，日本人第一時間諗起嘅係「實驗或者研究用嘅水」。**我讀書嗰陣係理科嘅 lab，實驗室就有一部蒸餾水機，主要係用嚟做化學分析、稀釋藥品，或者洗實驗器材。**喺日本蒸餾水係為咗科研或者醫療用途而生產，**唔係比人飲嘅。**所以當我喺香港超市或者便利店見到蒸餾水擺喺飲品區賣，真係嚇親。仲要係拎起支樽睇咗幾次成分表，心諗：「咦，冇礦物質嘅喎，飲得落去咩？會唔會唔健康㗎？」

日本嘅自來水基本上符合水道法嘅水質標準，直接飲都冇問題。不過有啲人都會擔心水塔或者喉管有問題，所以會買樽裝水，或者喺屋企裝濾水器。講到日本賣嘅樽裝水，成日都會見到啲強調水源地嘅

日本人嚇嚫「純蒸餾水」

好飲過蒸餾水啦！」咁我就拍咗條片，矇住眼試飲蒸餾水、自來水同天然水，試下估邊杯係邊杯。結果完全估錯咗……（笑）原來水嘅味真係唔易分得出。

除咗蒸餾水之外，其實香港仲有好多飲品喺日本買唔到。好似「豆奶」。我喺日本都有飲過豆乳，但未試過香港嘅豆奶。而且豆奶口味多到不得了，有香蕉、麥芽、朱古力，甚至季節限定口味，好似哈密瓜、士多啤梨、朱古力薄荷、紫薯、桃……一年四季都唔會

品牌，好似「南阿爾卑斯天然水」、「六甲好味水」等等。順帶一提，日本最多礦泉水出產量嘅地方係山梨縣，據日本礦泉水協會嘅資料，佔咗成個國內大約 35% 嘅生產量（参考資料：一般社団法人日本ミネラルウォーター協会「都道府県別生産数量の推移」）。山梨縣被南阿爾卑斯山、富士山、八岳包圍住，自然資源豐富，係出名嘅好水之地。我以前因為工作住過山梨，嗰度真係好靚，四周都係山，天氣好嘅時候仲可以見到富士山，風景又靚，真係好有魅力嘅一個地方。

順帶一提，好似我鍾意逛香港嘅超市一樣，我相信對香港人嚟講日本嘅超市同便利店都應該係一個好有趣嘅地方。以前我喺一間公司做嘢跟幾個香港同事一齊去日本出差，嗰陣我真係好驚訝，因為大家喺便利店瘋狂咁買飯糰同雪糕。至於我，每次返日本都會買啲喺香港比較難買到嘅日本製品。例如係ソース（蠔油？萬

悶！最令人驚喜嘅係呢啲全部都係紙包飲品！喺日本紙包飲品唔算多，所以當我第一次見到香港超市一整排都係紙包飲品，真係好興奮。

其實對日本人嚟講，香港超市就係買手信天堂。唔單止有紙包飲品仲有香港品牌嘅零食、來自世界各地嘅糖果、麵、茶等。而且最有趣嘅係有啲日本零食有「海外版本」。例如「たべっこどうぶつ（愉快動物餅）」，日本人一定識！喺香港，除咗有原味之外，仲有日本依家已經停產嘅「紫菜味」。而且日本版包裝背面通常只寫日文同英文動物名，香港賣嗰版竟然仲有中文名添！就係因為有咁多有趣發現，我超鍾意行香港超市～■

香港比較難買到嘅萬能醬汁

能醬汁？）。香港嘅蠔油同日本嘅蠔油有啲唔同，香港嗰啲通常比較濃味同傑傑哋，日本嘅蠔油就淡口啲。我覺得香港嘅蠔油好味，但有時都會掛住日本嗰種清淡的嘅味道。不過即使係日資超市，蠔油選擇都唔算多，所以我通常會喺返日本嘅時候買返嚟。

鹽昆布

仲有我喺之前 Youtube 都介紹過，就係鹽昆布。鹽昆布喺香港啲超市有時有，有時無，所以返日本探親嘅時候都係我嘅必買清單之一。

另外，仲有一樣我每次返去一定會買嘅，就係咖啡！**日本人比較鍾意中深焙、有**

日語增值班

單詞			
	1	スーパー	超市
	2	蒸留水（じょうりゅうすい）	蒸餾水
	3	面白い（おもしろい）	有趣
	4	お土産（おみやげ）	手信

例文			
	1	香港（ほんこん）のスーパーには蒸留水（じょうりゅうすい）が売（う）っています。	香港超市有賣蒸餾水。
	2	スーパーで買（か）えるおすすめのお土産（みやげ）はありますか？	有冇喺超市買到嘅推介手信呀？

啲苦味嘅咖啡；但香港人就多數鍾意淺焙、帶果香味嘅口味。所以想喺香港好難遇到啱我口味嘅咖啡。所以我一返日本就會去咖啡店或者賣進口食品嘅超市買咖啡，變成喼嘅一半都係咖啡（笑）。■

每次返日本一定買咖啡返嚟

不一樣的學校生活

小學都有校服！

我冇喺香港讀過書，但我發覺日本同香港有好多唔同嘅地方。首先令我驚訝嘅係香港即使係小學生都要着校服。唔止私立學校，就連公立同國際學校都係基本上要着校服。相反，書包冇咩規定？大家都係用自己鍾意嘅款式。

至於中學同高中嘅制服設計真係多樣化。特別係啲好似旗袍咁嘅校服，係日本唔會見到，係十分可愛同吸引。另外我都幾常見仲有啲上下都係白色嘅制服。日本通常係「上白」嘅白色恤衫多，但香港見到上下都係白色嘅校服，真係幾特別。不過白色好容易污糟，可能洗校服嘅頻率好多。仲有香港嘅校服比日本更加 Colorful，有啲係淺綠色，有啲係淺藍色，有啲係咖啡色⋯⋯都係香港

日本先有？「ランドセル」

日本嘅中學同埋高中大部分學校都有校服，但小學大部分學校冇制服，學生會著自己嘅私服返學（但私立小學通常會有校服）。日本小學生一般會背住叫做「ランドセル」嘅書包返學。以前女仔多數係紅色ランドセル，男仔係黑色，不過依家ランドセル嘅顏色好多樣化，紫色、淺藍色、橙色等等都有。

講到午餐，日本嘅小學同初中有「學校提供嘅午餐（給食）」。**學校會準備好有營養平衡嘅餐點，每日喺學校內製作，然後提供比所有學生同老師。**每個月會有一份已經排好嘅 menu，會派比學生。咁樣大家可以預先知道當日食乜嘢。我讀小學嘅時候最受歡迎嘅 menu 係「炸麵包」。如果班上有同學

校服嘅一個特徵。

至於中學生嘅午餐習慣香港同日本有好大分別。我見香港好多中學生都會出去食午餐。學校附近亦有啲提供學生折扣嘅餐廳，lunch 時間會被學生填滿。

另外令我印象深刻嘅係**香港小學生通常有好多補習或者興趣班。**有啲學生一個星期七日都會有興趣班。特別係畫畫、芭蕾舞、小提琴同滑冰等等，喺日本未必見得多。日本小學生嘅興趣班一般係學鋼琴同語言，但芭蕾舞同滑冰通常係啲想專攻呢啲領域嘅學生先會學。

仲有，香港嘅小學生都有好多功課。尤其係中學生，有啲學校功課多到學生周末都要做功課，睇嚟香港嘅學生真係幾辛苦。■

我以前用嘅書包「ランドセル」

唔返學嘅話，剩返嘅炸麵包就可以畀啲其他同學用包剪揼嚟爭。有趣嘅係學生係自己派發午餐。負責午餐嘅學生們會去給食房拿餐桶，然後分發到教室。食完之後，負責午餐嘅學生們會將空嘅餐桶送返給食房。

高中後就冇給食，多數學生會帶便當或者喺學校食堂食學校餐。有啲學校仲會容許學生午休期間出校外食飯。

另外，日本嘅中學同高中有「部活動」同「學校祭」等課外活動。「部活動」係放學之後

日語增值班

單詞	1	制服	校服
	2	習い事	興趣班
	3	宿　題	功課
	4	ランドセル	日本小學返學時用嘅書包

例文	1	私の学校では毎日宿題が出ます。土日も宿題をやらなければいけないので大変です。	我學校每日都有功課。星期六日都要做功課，好辛苦。
	2	香港の子供たちはたくさん習い事をしています。	香港嘅小朋友學好多興趣班。
	3	ランドセルはどこで買えますか？	日本書包喺邊度買到？

作者示範

學生參加嘅課外活動，好似足球、羽毛球、音樂等等。好多學生幾乎每日都參加，成班人一齊練習、比賽，好有團隊精神，亦都係青春回憶嘅一部分。

部活動係學生喺同伴一起朝住共同目標努力嘅過程中，學到協作嘅重要性同達成目標嘅成就感。呢啲經歷日後喺工作或者其他人生經歷中都有好多幫助。部活動同學校祭係學校生活中不可缺少嘅珍貴回憶。■

圍繞小朋友嘅社會環境

小朋友安全第一

根據《侵害人身罪條例》，若看管者將未滿 16 歲的兒童獨留在家，有機會觸犯虐待或疏忽照顧罪。如果小朋友獨一個嗰陣發生咩意外或事故，父母係會被追究責任。所以好多小朋友返學都係坐校車，而且去到校車站都會有家長或者工人姐姐接送。興趣班亦一樣，**接送通常都係由工人姐姐或者家長負責，所以喺街上好少見到小朋友一個人行街。**

有一次我假日去散步行到去公園，突然覺得有啲壓迫感，仲覺得有啲怪怪哋，心諗：「點解個公園會有壓迫感呢？」直到離開公園，返屋企途中先醒起，原來係因為喺公園除咗小朋友之外仲有好多大人。呢個係喺日本唔會

小朋友可以自己一個出去玩

之前老公嚟我日本屋企嘅時候，佢見到附近公園有四、五個小學生一齊玩，但周圍冇大人，佢嚇咗一跳。**喺日本係冇唔可以將幾多歲以下嘅小朋友獨留一人嘅法律。**原來呢件事喺世界其他地方嚟講都算幾少見。

我自己都係親身經歷嘅例子。由我細個讀小一開始，媽媽就開始返工，所以我平時放學返屋企，多數都係自己一個留喺屋企。不過都唔係話成日都真係一個人。嗰陣時小學功課唔多，有時甚至冇，所以放學返嚟屋企之後基本上每日都會同朋友玩，幾乎一年 365 日都係咁。我細個好鍾意出去玩，玩捉迷藏、打棒球、打羽毛球、玩 rollerblade⋯⋯依家諗返轉頭都覺

見到嘅畫面，所以當時有啲違和感。

喺香港，因為雙職家庭多，所以工人姐姐變咗一個不可或缺嘅角色。如果家庭冇請工人，唔少家庭都公公婆婆幫手湊小朋友，真係係**用盡所有家庭資源，想盡辦法去做到「唔好畀小朋友一個人」**。對喺日本長大嘅日本人嚟講可能會覺得「係咪有啲過份保護？」。但香港人口密度高、車又多，加上住好多唔同國籍嘅人，其實生活環境同日本差好遠。

而且我發現，喺香港如果你帶住小朋友出街或者搭車，好多陌生人都會主動同小朋友講嘢，氣氛好親切。與其話過份保護，我反而覺得香港係一個「小朋友安全第一」嘅社會。■

得自己每日玩得開心，玩到盡。當然我都有去學下興趣班，學過珠心算、書法同鋼琴。珠心算同書法堂離屋企唔遠，我通常每個星期固定時間會自己一個行去上堂。

星期六日唔使返學又冇學校午餐食，媽媽會預先整個便當放低畀我。有時我會自己喺屋企食，有時我帶住自己個便當去朋友屋企一齊食。好感激當時邀請我一齊食飯嘅朋友同佢屋企人。

日本核心家庭化好普遍，雙職父母多咗，以前啲「鄰居阿姨幫手睇住小朋友」或者「街坊有人會主動同小朋友講句嘢」咁樣嘅社區連繫，喺好多地方都少咗。咁樣嘅情況之下，點樣建立令小朋友安全成長嘅社會，真係要重新諗一諗。■

日語增值班

單詞			
	1	子供（こども）	小朋友
	2	大人（おとな）	大人
	3	メイドさん／家政婦（かせいふ）さん	菲傭，工人姐姐
	4	雇（やと）います	僱用

例文			
	1	私（わたし）の家（いえ）にはメイドさんがいます。	我屋企有工人姐姐。
	2	香港（ほんこん）はメイドさんを雇（やと）っている家庭（かてい）が多（おお）いです。親（おや）が仕事（しごと）のときはメイドさんが子供（こども）たちの面倒（めんどう）を見（み）ます。	香港好多家庭都請菲傭。父母返工時工人姐姐幫父母照顧小朋友。

第三章

香港街景
文化遊

Queen's Road Central
皇后大道中
Nathan Road
彌敦道
Boundary Street
界限街
HUNG FOOK ST
街福鴻
PAK SHA RD
道沙白
KAM LAM STREET
街霖甘
May in HK

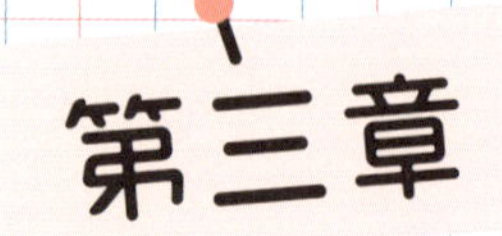

周圍都貼宣傳單張

香港篇

咩位都有宣傳單，好有藝術感！

行香港街頭，每日一定會見到宣傳單張！而且貼宣傳單張嘅地點都幾有趣。我最常見嘅就係貼喺啲空置商舖鐵閘上嘅地產廣告。因為鐵閘上成排都係地產舖嘅宣傳單張，所以睇得出嗰間舖頭係比多間地產代理一齊放緊租／賣。不過最有趣嘅係，唔係一間代理貼一張，而係**「邊個夠誇張就最搶眼！」**咁樣，**各間公司都冇留手，成個鐵閘貼到密密麻麻，**一張都唔剩，真係嚇親我。

仲有啲更誇張，直接貼喺人哋公司單張上面！哈哈！另外我最近先留意到，其實唔單止鐵閘，連鐵閘上面啲空間都貼到

東瀛篇

有冇見過電柱廣告？

喺日本，我從來未見過好似香港咁，一整幅牆都貼滿咗宣傳單張。可能係因為日本人對規矩比較嚴謹，如果牆上寫住「禁止張貼廣告」，即使想貼都唔會亂嚟。其實喺日本街頭，好少見到有人亂貼廣告。不過大家有冇留意過，日本嘅電燈柱上面，有時會見到啲廣告牌呢？呢啲並唔係非法，而係經過電柱廣告公司管理、獲得許可嘅。主要分為兩種：一種係圍住電柱設計嘅「卷式廣告」，啱啱係行人嘅視線高度；另一種就係裝喺電柱上面、向外突起嘅「突式廣告」。

我查過資料，原來日本第一個電

日本常見嘅紙巾廣告

爆，底層望上去，幾十層單張疊埋一齊，簡直似一件藝術品。

另一個經常見到宣傳單張嘅位就係啲交通燈、喉管之類等等嘅有柱嘅地方。貼交通燈理論上應該唔合法，不過諗到呢啲 idea 嘅人都幾聰明。因為等紅綠燈嗰陣，多數人都會擹掣，嗰陣時自然地會望到周圍貼咗啲咩。同埋，一般啲單張係普通一張紙，但有啲仲**設計到可以剪開，即係電話號碼部分方便人撕走，**真係幾貼心。

講起柱，仲有竹棚架上面都成日見到宣傳單張，通常係出租房屋或者跳舞班嗰啲。仲有啲更加奇怪嘅貼法，例如係大廈一樓以上嗰啲牆身。坐上雙層巴士嘅上層望出邊就會發現到。到底佢哋點樣可以貼咁高位呢？會唔會用梯爬上去貼？我想親眼睇一次佢哋點樣貼。

柱廣告係 1890 年 5 月 28 日出現，當時喺東京麴町一帶，警視廳發出咗**廣告許可證，正式開始電柱廣告業務。**因為咁，5 月 28 日就被日本記念日協會定為「電柱廣告之日」。如果大家有機會去日本旅行，可以留意下街頭啲電柱，有冇發現呢啲廣告。

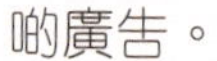

日本常見嘅電燈柱廣告

除咗電柱廣告之外，日本仲有一種好常見嘅宣傳方式，就係派傳單同派紙巾（Tissue）。日本街上成日會見到有人派細細包嘅紙巾。其實嗰啲就係用嚟做宣傳嘅工具。有啲紙巾包裝本身印咗廣告，有啲就係入面夾住咗宣傳單。

據講，日本開始派紙巾嚟做宣傳大約係 1970 年代。當時富士銀行（即依家嘅瑞穗銀行）、作為推廣客戶開戶時送咗啲細細包嘅紙巾比新客戶。再之前，日本主要用火柴盒印廣告（即係印咗公司名或店名嘅火柴），但之後慢慢轉去用紙巾，變成咗一種主流嘅宣傳方法。

順帶一提，日本派嘅紙巾係免費嘅。以前我住喺日本嗰陣，成日收到宣傳紙巾，所以唔使自己買。但搬嚟香港之後發現呢度冇人咁樣派紙巾，要自己去買！我記得第一次喺香港買細細包嘅紙巾嗰陣有啲唔開心：**「點解我要為紙巾畀錢呢？」**（笑）

對於唔熟日本文化嘅人嚟講，街頭有人派免費紙巾，可能會覺得有啲可疑，不過其實呢種做法喺日本已經有好長歷史，**係一種普遍又正當嘅宣傳方式。**如果你去旅行時遇到「派宣傳紙巾」，不妨收一包紙巾，當係一份特別嘅日本手信啦！■

再嚟，喺道路指示牌後面、鐵欄之類都會見到宣傳單張。即使有寫住「禁止塗鴉或貼廣告」，只要有空位，就會有人無懼被鬧而照樣貼，**真係佩服香港人嘅生意精神。**尤其係觀塘，簡直係「單張天堂」。成個觀塘啲牆、柱、鐵閘，乜嘢宣傳單張都有，而且貼到好密。最多係租寫字樓廣告，但細心啲睇，仲有冷氣維修、裝修工程、會計公司等等。顏色又有粉紅、綠、黃，好豐富。而且有啲用電腦印，有啲甚至係手寫，好有心思。

雖然咁樣亂貼單張係唔啱，亦可能有人覺得污糟。但對於外國人嚟講，成面貼滿單張嘅牆，**睇落真係幾有藝術感！**甚至可以當成一個特色旅遊景點都唔出奇。■

日語增值班

單詞			
	1	チラシ	宣傳單
	2	貼（は）ります	貼
	3	ポケットティッシュ	迷你紙巾
	4	配（くば）ります	派

例文			
	1	なぜこんなところにチラシが貼（は）ってあるのですか？	點解咁嘅地方都貼宣傳單？
	2	本当（ほんとう）は貼（は）ってはいけません。	其實唔可以貼。
	3	日本（にほん）では街（まち）でときどきポケットティッシュを配（くば）っていますが、無料（むりょう）ですか？	日本有時喺有人街頭派迷你紙巾，係咪免費㗎？

最愛竹棚架

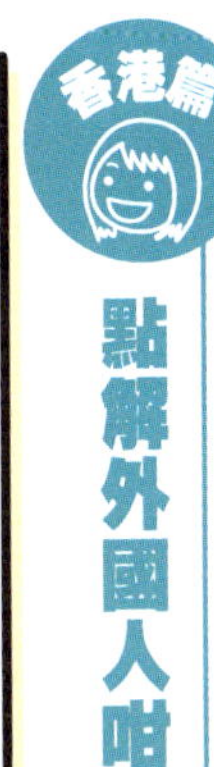

點解外國人咁鍾意竹棚架？

過嚟香港旅行嘅外國人遊客，成日都會影一張香港特色嘅街景相 —— 就係竹棚架。對香港人嚟講可能已經見怪不怪，不過對外國人嚟講就真係非常吸引。

我解釋下點解竹棚咁吸引人。首先第一樣，就係高度。如果我冇記錯，我人生第一次見竹棚，就係為咗維修大廈某一部份而搭嘅棚。當時我已經覺得「咦？竟然用竹嚟搭棚，好有趣喎！」但原來嗰啲都只係前菜啫。

喺我搬嚟香港住咗幾個月之後，有一日我見到成棟高樓大廈都包晒竹棚，真係嚇一跳。因為我一直以為竹比鐵或者鋁脆，可能淨係用嚟維

日本起樓儀式「撒餅」

我喺日本未見過竹棚架。日本啲建築工地多數用鋼鐵嚟做棚架。之前我有問過一啲做建築嘅人，「點解香港唔用鋼架，而係用竹架？」。佢話畀我知：「因為鋼架用嚟做架嘅時候會太熱，竹架反而更加啱。」咁樣諗下真係幾有道理！我查過關於日本嘅棚架發現其實以前日本係用木樁做棚架，之後跟住歐洲同美國嘅方法，1954 年開始用鋼製棚架。

話說，起樓時香港冇嘅日本文化之一就係「撒餅儀式（餅まき）」。**撒餅係一種喺建新屋時會做嘅儀式，係慶祝屋企基礎建好，祝願之後嘅建築工程順利進行。**屋主會由屋企二樓拋啲紅色同白色嘅圓形嘅餅（唔同地方餅嘅顏色同

修小範圍，**冇諗過連幾十層高嘅大廈都可以用竹棚包住**。當時我覺得好震撼，嗰棟大廈就好似一件藝術品咁，我即刻拎起部手機影相！

第二個吸引之處就係竹棚形成嘅形狀。香港啲建築千奇百怪，竹棚都要因應建築外形去搭，所以變化好大。有啲大廈上面層比下面層窄，所以棚架向上會收窄，遠睇好似有少少彎，好靚！仲有，我最鍾意嘅其中一個設計就係用竹整嘅「梯」。第一次見到嗰陣，我諗住「吓？連梯都可以用竹整？」超興奮！自此之後，我行街見到竹棚都會特登望下有冇梯，發現原來竹梯唔罕見，喺唔少地方都

形狀可能唔同），附近嘅人就可以去攞。撒餅儀式（餅まき）有消災避難、向鄰居表達感謝嘅意思，仲有多撒啲餅，就代表將福氣分畀大家，聽講以前係唔係拋餅，而係拋錢。不過呢個傳統習俗依家越嚟越少見。我記得以前細個嗰陣散步行過附近建築中嘅屋企，同媽媽講，「嗰間屋應該就快做撒餅啦」。有時鄰居會話畀我聽「嗰間屋企依家做緊撒餅，你哋快啲去睇下啦」。

我細個有幾次去睇過撒餅，成功攞到幾個餅。其實呢啲餅食法有一個要注意嘅地方，就係「唔好燒住食」。因為燒餅會令人聯想到火災，所以唔好燒。其他食法就冇問題，用微波爐加熱都得，或者放入鍋煮都得。

講起「餅」，我係好鍾意食日本嘅「餅」，但我周邊冇一個香港人鍾意食餅。日本有新年食餅嘅習慣。以前啲人新年前會喺屋

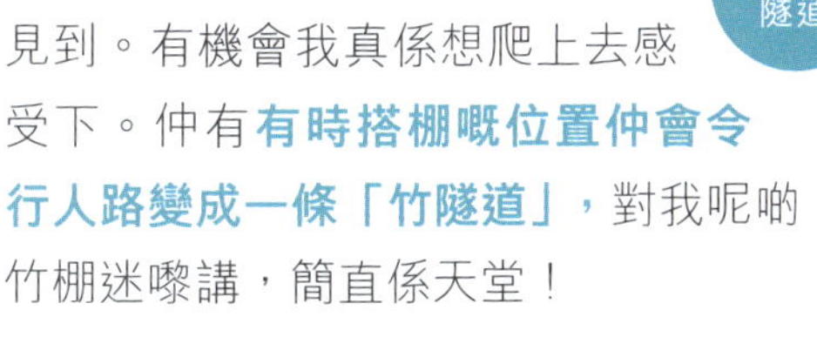

見到。有機會我真係想爬上去感受下。仲有**有時搭棚嘅位置仲會令行人路變成一條「竹隧道」**，對我呢啲竹棚迷嚟講，簡直係天堂！

第三個吸引之處，就係**竹棚唔止用喺室外，連室內都會用**。喺我住香港第四年左右，返工地方附近起緊一棟新大廈，外牆都包晒竹棚。我每日 lunch time 都會望下施工進度。有一日，我發現透過玻璃窗，連大廈入面都搭咗竹

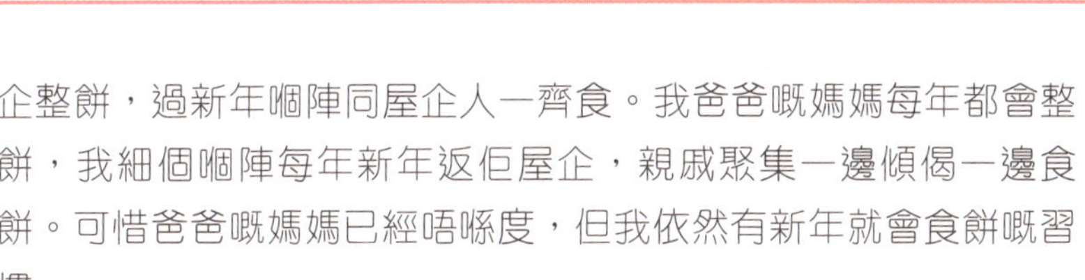

企整餅，過新年嗰陣同屋企人一齊食。我爸爸嘅媽媽每年都會整餅，我細個嗰陣每年新年返佢屋企，親戚聚集一邊傾偈一邊食餅。可惜爸爸嘅媽媽已經唔喺度，但我依然有新年就會食餅嘅習慣。

最近我喺新年返咗鄉下，買咗好多餅返嚟香港，諗住同老公一齊食，但佢竟然話「我唔係咁鍾意食餅」！將呢個故事我同唔同嘅香港朋友講過，原來佢哋都唔鍾意食餅喎！好多香港人話唔啱「餅」嘅「煙韌」口感。但係好似糖水入面嘅湯圓，珍珠奶茶嘅珍珠都有啲相似嘅口感。點解「餅」就唔得呢？■

棚，我真係嚇咗一跳。一直以嚟見到嘅竹棚都係喺出面，原來入面都可以用，仲要一樣靚！

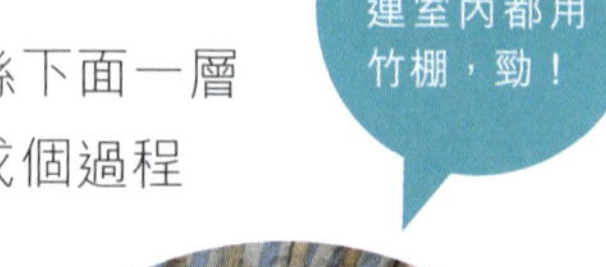

第四個吸引之處就係搭棚嘅工人。佢哋喺下面一層一層咁傳竹上去，再慢慢搭成一幅牆，成個過程睇幾多次都唔悶，**真係職人精神嘅體現。**

香港成日畀人叫做「石屎森林」，到處都係高樓大廈。我好鍾意行街，用「靚唔靚」呢個角度去欣賞竹棚。不過，當我諗起要有人搭得出咁大規模又精緻嘅竹棚，背後付出咗幾多汗水同努力，我對呢啲竹棚又多一份敬意。■

日語增值班

作者示範

單詞			
	1	竹(たけ)の足場(あしば)	竹棚架
	2	竹(たけ)の足場(あしば)を組(く)みます	搭竹棚架
	3	建(た)てます	起樓、起建築
	4	建物(たてもの)	建築物
	5	コンクリートジャングル	石屎森林
	6	高層(こうそう)ビル	高樓大廈

例文			
	1	香港(ほんこん)は建物(たてもの)を建(た)てるときに竹(たけ)の足場(あしば)を組(く)みます。	香港起建築嘅時候搭竹棚。
	2	香港(ほんこん)はコンクリートジャングルと呼(よ)ばれています。街中(まちじゅう)高層(こうそう)ビルだらけです。	香港成日畀人叫做『石屎森林』，成個市區都係高樓大廈。

我最愛「窗花」

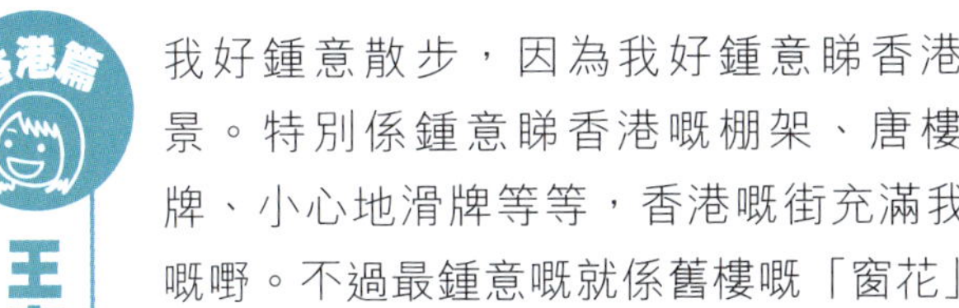

王家衛電影令我鍾意窗花

我好鍾意散步，因為我好鍾意睇香港嘅街景。特別係鍾意睇香港嘅棚架、唐樓、招牌、小心地滑牌等等，香港嘅街充滿我鍾意嘅嘢。不過最鍾意嘅就係舊樓嘅「窗花」！點解我鍾意「窗花」呢？有明確嘅原因。

我鍾意睇香港電影，特別鍾意「王家衛」導演嘅電影。唔知大家有冇睇過佢啲戲，不過佢嘅作品喺日本同香港好受歡迎。其實我都係其中一個畀佢嘅電影影響到我人生嘅人。**因為睇佢嘅電影，我覺得香港好靚，所以決定過嚟香港定居。**王家衛電影其中一個作品叫「墮落天使」。黎明飾演殺手，李嘉欣飾演天使二號，電影裏面有天使二號清潔殺手

北海道有雙層窗

香港同日本嘅窗有咩不同呢？首先，日本有「網戶」。**為咗防止昆蟲入嚟基本上日本屋企設有「網戶」，**即係玻璃窗之外仲有一層網喺度。多得有網戶，喺日本開住窗瞓覺都唔怕。但係香港好少樓設有網戶，如果開住窗瞓覺嘅話昆蟲隨便入嚟，如果香港都有網戶就好了。不過網戶都有唔好處，就係睇出邊景色睇得唔清楚。另外，香港啲窗通常係向外推嚟開，**日本住宅啲窗係多數向側邊滑動打開嘅。**至於日本酒店因為安全問題採用推嚟式嘅窗。仲有喺香港如果舊嘅建築就會有窗花，日本就冇。其實我住喺日本嘅時候冇認真睇過「窗」，但因為香港啲窗花咁靚而鍾意咗，我依家去邊度都

好多種類嘅窗花

嘅房間嘅一幕。她清潔之後，將抹布掛喺「窗花」，等佢乾。呢一幕對於我印象好深。首先，咁靚嘅人着住咁靚嘅衫清潔好舊嘅房間，已經形成強烈對比。另外，日本嘅窗冇香港咁嘅窗花，所以根本冇法將抹布掛喺「窗花」。因為呢套戲，我先知道「窗花」，我覺得係非常非常美麗嘅設計。

從嗰日開始，我有個夢想，就係「將來住香港嘅時候抹完嘅抹布掛喺窗花」。不過住咗香港 10 年，未達成到呢個夢想。原來依家啲樓已經冇舊式窗花。我屋企裝修嗰陣曾經問過裝修師傅「我

會留意當地嘅窗係點樣。

至於日本嘅「窗」，其實唔同地區有唔同特色。我係北海道人，北海道嘅窗同日本其他地區嘅窗有啲唔同。北海道嘅窗通常有兩層。窗同窗之間會形成一層空氣，呢層空氣可以加強隔熱效果。據講雙層窗比起單層窗可以令室內溫度高 5 至 10 度。仲有隔熱性高嘅話，室內唔會有太大溫度差，所以可以減少因溫差而產生嘅水（即係水蒸氣凝結喺窗度）同發霉。我北海道屋企所有窗，包括客廳、廚房、廁所、同埋每間房，都係雙層窗。北海道以外嘅地方，特別係海邊嘅屋或者有颱風嘅地區嘅屋，通常會有裝「雨窗」或者「鐵閘」。咁樣可以保護屋企唔受到颱風嘅強風同大雨影響。另外，日本有一種似窗嘅建築元素，叫「障子（しょうじ）」。**「障子」係用木框做成格仔形狀然後喺上面貼和紙，起到代替窗戶嘅作用。**喺以前仲未有玻璃窗嘅時候，日本人發明咗障子。有障子

想要呢啲窗花」，不過師傅話「呢啲窗花依家冇呀，同現在嘅窗唔同㗎」。真係好可惜……

嚟咗香港之後發現，雖然舊式窗花已經少咗，但係有好多種類嘅窗花，**有啲係直線，有啲係波型，仲有基因型（好似 DNA 咁），牛角型，V 型等等**。我得閒鍾意去舊區搵有窗花嘅樓，特別鍾意太子同九龍城。有啲圓角樓牆面啲窗全部都有窗花，非常好靚。希望呢啲有窗花嘅街景唔會消失！■

可以防風和保暖，仲可以遮擋外面嘅環境，同時又可以透光。就算閂咗障子，室內都唔會變得好黑，有柔和嘅自然光會透入嚟。現代有啲日本屋企仲會喺房間同走廊之間裝障子。

講起「窗」，其實窗簾文化兩地都有唔同。喺日本夜晚通常閂窗簾，日本人好重視私隱，介意畀陌生人望到屋企裏面。一般嚟講大部分家庭有兩個窗簾竿，一個係蕾絲窗簾用，另一個係普通窗簾用。日間閂蕾絲窗簾，然後夜晚 6 點左右開始閂埋普通窗簾。我結咗婚之後發現香港好多人冇習慣閂窗簾。香港啲樓好密集，好容易望到對面啲樓，但係唔知點解夜晚都好多人冇閂窗簾，好似唔介意畀人望到。我以前有試過夜晚返到屋企時見到先生開晒窗簾喺屋企 hea，我問佢：「點解你冇閂窗簾嘅？」，先生話：「望到出便吖嘛 ~」。可能香港人對私隱冇日本人咁嚴格。呢個都係一個好得意嘅文化差異。■

日語增值班

單詞			
	1	窓枠（まどわく）	窗花
	2	ウォン・カーウァイ	王家衛
	3	天使の涙（てんしのなみだ）	墮落天使
	4	花様年華（かようねんか）	花樣年華
	5	香港映画（ほんこんえいが）	港產片

例文			
	1	好（す）きな香港映画（ほんこんえいが）は何（なん）ですか？	你鍾意邊個港產片？
	2	花様年華（かようねんか）が一番（いちばん）好（す）きですが、天使（てんし）の涙（なみだ）も大好（だいす）きです。	我最鍾意花樣年華不過墮落天使都好鍾意。

作者示範

香港篇

圓角樓好靚呀

我覺得香港嘅舊建築物好有魅力，當中我最鍾意嘅就係圓角樓，喺日本冇見過呢種設計。咁多高樓大廈嘅香港裏面，比較矮嘅建築特別突出，而牆身滿佈窗戶，加上樓角順住馬路嘅彎位而設計成弧形，真係好吸睛。再加埋橙色、紫色、淺藍色等鮮艷牆身顏色，成座樓都充滿活力，好有香港特色。圓角樓嘅彎位角度都有唔同，有啲係 90 度，有啲尖啲，有啲甚至成棟樓都彎彎地，每一棟都好有個性。聽講依家香港仲保留下嚟嘅圓角樓，大多數係 1950 至 1970 年代起嘅第四代唐樓。不過隨住樓齡漸長，加上重建發展，有唔少都被清拆，所以我見到都會影低嚟留念。

0円買到舊樓？

日本都有好多舊屋。同香港唔同嘅係，香港住屋唔夠，所以要拆舊屋建新樓。但係日本就增加空置屋成為一個社會問題。日本一戶建屋比較多，但係好多老人家會搬去老人院，或者搬到自己小朋友嘅屋企住，咁就令**空置屋越來越多**。依家有啲解決方法就係提供**「空置屋配對」**服務，將想買空置屋嘅人同想賣屋嘅業主配對。好似有啲物業可以免費或者 100 日元買，真係好驚訝。當然即使買得平，買完之後仲要自己做裝修，又要交稅，實際嘅負擔都唔輕，但我覺得呢個做法幾有趣。如果將預算提升到 100 萬或者 300 萬，仲可以買到大啲、比較靚嘅古民家。

除咗圓角樓我都好鍾意啲直角唐樓。日本嘅屋企通常有三角形屋頂，或者一樓比二樓闊啲，又或者陽台、玄關凸出嚟，好少見到完全長方形。但係香港嘅直角唐樓從地面到天台都係一式一樣嘅形狀，好似一支冇弧位嘅筒咁，好有存在感。有啲大廈原本係露台嘅位加建做咗房間，有啲甚至喺天台加建一層，盡量善用空間，真係幾有趣。

日本古民家嘅特徵係使用好多自然材料，例如粗大嘅樑同柱、土牆同茅草屋頂，仲有唔使用釘子或者金屬件，而係用傳統技術將木材接合埋一齊。仲有間隔多數係用襖或者障子分開，所有房間加埋一齊就可以做成一個開放而寬敞嘅空間，可以容納好多人。但係亦有害蟲問題，同埋因為呢啲建築唔係根據依家嘅建築標準建，所以要加強抗震性，可能要做加固工程。■

至於騎樓，我第一次見到時都幾震驚。淨係靠兩條柱就支撐幾層樓，喺日本真係冇見過。啱啱住香港嘅時候我有啲驚會唔會騎樓上面嗰陣突然塌落嚟。依家落雨嘅時候我就好感激有騎樓遮頭。我特別鍾意騎樓柱身上寫住舖頭名嗰種風格。喺日本好少會直接喺柱或者牆上寫字，通常都係掛招牌或者貼上牆紙。

呢啲有特色嘅舊樓如果真係住嘅話可能會冇升降機、會漏水、牆身脫落等等有好多問題，不過我都好想試吓住一住。香港嘅舊建築愈嚟愈少，如果可以透過翻新、改造成其他用途，令佢哋再活化就好喇。■

日語增值班

單詞	1	再開発（さいかいはつ）	重建發展
	2	古い（ふる）	舊
	3	取り壊します（と・こわ）	拆
	4	住みます（す）	住
	5	残念（ざんねん）	好可惜

例文	1	このエリアは再開発（さいかいはつ）のため取り（と）壊（こわ）されます。	呢個地區會因為重建而被清拆。
	2	いつか香港（ほんこん）の丸い（まる）角（かど）の古い（ふる）家（いえ）に住ん（す）でみたいです。	將來有一日想住香港嘅圓角唐樓。

路牌睇到香港變遷

鍾意監獄體舊式路牌同T字路牌

雖然我都幾鍾意依家用緊（2005 年開始）嗰款黑色框框入面有白色橫長六角形嘅車道路牌，不過我更加鍾意 1960 年代開始用嘅舊式路牌。同埋再之前嘅「T 字路牌」都好鍾意。

點解我咁鍾意舊式路牌呢？其中一個最大原因就係**上面用嘅字體實在太有魅力**。我本身就好鍾意香港用嘅繁體字。雖然日本都有用漢字，但繁體字比日本用嘅字多筆劃好多，而呢啲咁多筆劃嘅字，可以寫得咁有結構又咁靚，真係令人覺得好藝術。我平時行街嘅時候如果見到啲靚字，就會即刻影相，post IG story 同大家分享。透過散步觀察啲字體，我發現自己特別鍾意路牌上面用嘅字體，因為比起我平時喺書

日本嘅消失中嘅字體

喺日本比較常見嘅路牌通常係藍色邊框包住白色底，再用藍色字寫上街道名稱。喺日本雖然大馬路會裝有路牌，不過啲細街就街名都冇，就算有都只係手寫招牌咁簡單。

至於車道上面，一般道路都係用藍底白字，風格同香港都有啲似。日文方面用嘅係一種叫「丸ゴシック NAR」嘅字體，而英文就係用「Helvetica」字體。至於高速公路就用綠底白字，而唔同嘅管理機構用嘅字體又唔同，例如首都高速係用「新ゴシック」，NEXCO（即係日本高速公路公司）就用「ヒラギノ」字體。

後尾我就諗，喺日本有冇好似香港「監獄體」咁曾經流行但依家逐漸消失緊嘅字體呢？搵搵

或者電腦上見到嗰啲，呢款字體有型好多。之後有啲 followers 告訴我，原來呢種字體叫「監獄體」。車道路牌以前竟然係由囚犯親手做出嚟，真係太震撼。後來我又發現唔止係車道路牌，舊式路牌都有用監獄體，於是我開始更加留意唔同路牌上嘅字。

「監獄體」係喺電腦字體普及之前由監獄入面嘅囚犯親手設計出嚟嘅字體。佢嘅特色係筆劃尾端會微微擴開（喇叭口），我覺得呢啲字睇落好可愛，好似啲漢字自己

監獄體

下，原來真係有！就係叫**「公團 gothic」（正式名稱係「和文用公團文字」）**。呢款字體喺 1963 年開始使用，係當時負責高速公路管理嘅「日本道路公団」所設計，仲未係依家嘅 NEXCO 公司。呢款字體設計上有個特色，就係為咗等司機喺高速行車時都可以清楚睇到，所以將啲筆劃多嘅漢字簡化，變成一種易睇易認嘅專用字體。成體字嘅感覺比較四四正正，我覺得仲有啲似「監獄體」嗰種可愛感。

公團 gothic

不過，好可惜，因為「筆劃簡化得嚟有啲字其實唔正確」，「當年啲字係人手造，唔夠統一」咁嘅原因，最終喺 2010 年停用。覺得好可惜⋯⋯但係依家喺日本仲有啲地方仲保留住呢款字體，所以如果大家有機會喺日本開車上高速公路，留意下啲路牌嘅字體。■

都喺度玩緊、享受緊咁，幾得意。不過隨住依家全部字體都電腦化，監獄體就唔再用嚟製作新路牌啦。據講最後一批用監獄體製作嘅車道路牌係 1997 年出廠嘅。真係唔捨得。

講到路牌，除咗字體之外仲有另一樣我好鍾意嘅元素就係入面用嘅漢字。例如「青」字，有啲地方會寫成下邊係「月」，有啲又係「円」；又例如「場」字，有啲寫做「塲」；荔枝角個「荔」字，草字頭下面有時係「力」，有時又係「刀」。發現呢啲細細微微嘅差別就好似喺街上搵到寶藏咁，會有種莫名其妙嘅興奮，好開心！

仲有就係「T 字路牌」。超過一百年前嘅 T 字路牌，居然可以保存到依家，我覺得真係一個奇蹟。諗起呢啲路牌見證住香港成個世紀嘅變化，有啲感動。而且 T 字路牌同舊式路牌一樣，大多

日語增值班

單詞			
	1	道路標識（どうろひょうしき）	路牌
	2	フォント／字体（じたい）	字體
	3	カッコイイ	有型
	4	味（あじ）があります	有味道、有感覺、有風格

例文		
	このフォントは何（なん）というフォントですか？	呢個字體叫咩名？

作者示範

荔枝角個「荔」全部3個都唔同

坐巴士樓上位見到T字路牌，小驚喜！

中環街頭發現T字路牌

數都係貼喺建築物牆身上面。呢種設計對我嚟講都好新鮮，因為喺日本我幾乎未見過將招牌直接同建築融合埋一齊嘅設計。我覺得呢個設計好有趣。不過同時都會有啲唔捨得，因為一旦棟樓要拆就啲路牌都會一齊冇咗。再睇真啲，其實 T 字路牌之間都有細微差別，好似有啲係黑色邊框、有啲係白邊、有啲又係灰邊，仲有啲用嘅字體都唔完全一樣。香港每條街都有名字，而且有長方形路牌去標示，整體感覺好有統一性，但偏偏又會突然出現啲咁特別嘅 T 字路牌，感覺就好似喺整齊之中突然發現咗一件珍品咁。呢種「有規律之中嘅意外驚喜」，令我行街更開心。■

街上好多垃圾桶

橙色垃圾箱好得意

香港成日見到嘅垃圾桶係橙色、圓圓哋，我覺得好得意！呢種橙色垃圾桶，應該有唔少日本人都鍾意。雖然近年開始多咗啲新款，有啲窄啲、有啲用咗新嘅膠料，但都仲係用橙色，所以成個城市嘅垃圾桶有統一感，我覺得幾好睇。

我去旅行嘅時候鍾意掃街邊行邊食，第一次嚟香港嗰陣，就覺得街上面有好多垃圾桶真係好方便。但有趣嘅係，雖然垃圾桶咁多，大部分都成日爆晒缸，有時仲見到啲大件垃圾，好似遮、鞋盒嗰啲，可能係因為個入口比較大？。我曾經對垃圾桶嘅數量好好奇，所以啱啱開始Youtube 嘅時候 2022 年有一次自己一個人行

好難搵到垃圾桶

好多人話去日本旅行最唔方便嘅其中一樣嘢就係垃圾桶太少。其實我以前喺日本住嗰陣，從來冇覺得垃圾桶少係問題。不過自從喺香港住過一段時間之後再返去日本就覺得真係少。**平時行街基本上都見唔到垃圾桶，通常只係便利店附近先有。**

因為日本人唔太興一邊行一邊食。例如，如果當晚餐喺便利店買咗關東煮，通常都係拎返屋企先食。又或者有啲人會拎返公司做 OT 嘅晚餐。如果便利店入面有設置 Eat-in space 都可能會喺嗰度食（順帶一提：喺 Eat-in 食嘢嘅話，消費稅要收 10%，要留意啊～！）。但係邊行邊食關東煮咁樣嘅情況就好少見。

彌敦道，想睇下沿路有幾多個垃圾桶，一路拍片一路數下，結果數到有 29 個（包括啲用橙色膠袋整成嘅臨時垃圾桶）。

講起垃圾，我啱啱搬嚟香港住嘅時候最震撼嘅係原來冇垃圾分類。嗰陣我租咗間劏房，問業主：「**垃圾應該點樣抌？**」佢就話：「樓梯踎頭有個垃圾桶，直接抌落去就得啦。」我聽完完全唔明。去樓梯睇下，發現樓梯位就真係有好似水桶咁嘅垃圾桶，不過得一個咼。之後我問咗佢幾次「想問下垃圾應該點樣抌？」，但答案都係一樣（笑）。

因為喺日本垃圾分類好仔細，除咗可燃同不可燃，仲要分紙、膠、玻璃樽、鋁罐等等，連抌邊一日都有規矩。所以一開始真係好難適應香港嘅乜嘢都一齊抌嘅習慣。我嗰時住嘅樓真係得一個垃圾桶，但有啲住宅會擺埋玻璃樽或者膠樽回收桶。近年，香港

如果係去一啲有好多小食檔嘅地方，可能會見到啲人邊行邊食。不過大部分情況下舖頭附近會擺咗垃圾桶，如果冇就會自己拎返屋企再處理。可以話「垃圾要自己拎返屋企」呢個觀念，喺日本人心目中好根深蒂固。

至於點解日本咁少垃圾桶有幾個講法。有啲人話係因為 1995 年發生嘅地鐵沙林毒氣事件之後，防範可疑物品嘅安全考慮，所以逐漸減少咗街頭垃圾桶嘅數量。亦有講法係，開始多人攞屋企垃圾去車站或者公園度抌，咁就造成管理上嘅問題。依家日本好多車站入面嘅垃圾桶側面都係透明膠造，可以望到入面有乜嘢，可能都係為咗防止可疑物品。

另外，日本嘅垃圾分類制度都幾詳細，而且每個地區都有唔同規則。大部分地方用嘅垃圾袋都係要買嘅，仲要按垃圾種類用唔同

唔同地區都多咗「綠在區區」呢類回收環保站，會收廢紙、金屬、塑膠、玻璃樽、充電池、光管、四電一腦、小型電器、紙包飲品盒等嘅回收物。我覺得最有趣嘅係佢哋有個 app，可以根據你回收咗幾多重量去儲分，儲夠分仲可以換生活用品。回收完有獎勵，呢個 idea 幾有趣！■

數下彌敦道嘅垃圾桶

顏色。而且啲垃圾袋雖然有顏色，但係都係透明，咁就可以睇到入面裝咗乜，萬一分類錯咗，可能連垃圾都唔收。收垃圾嘅日子都有規定，例如可燃垃圾係逢星期一，膠類係星期二，罐同玻璃樽就係第二同第四個星期三，紙類係第一第三星期四咁樣。聽落好似好麻煩，但實際喺日本住好快就會習慣。■

日語增值班

單詞	1	ゴミ箱（ばこ）	垃圾箱
	2	ゴミを捨（す）てます	抌垃圾
	3	イートイン	Eat-in

作者示範

例文	1	すみません、ゴミ箱（ばこ）はありますか？	唔好意思，請問有冇垃圾桶？
	2	からあげクンレギュラー一（ひと）つお願（ねが）いします。イートインでお願（ねが）いします。	LANSON 嘅炸雞，我要一個 regular size，喺度食。

香港招牌好迷人

我愛霓虹燈招牌

我好鍾意香港嘅招牌，特別係代表香港嘅霓虹燈招牌！日文嘅旅遊書成日都會介紹霓虹招牌。霓虹燈招牌無論係字型、形狀定顏色都非常多樣化，第一次見到香港嘅霓虹燈招牌嗰陣我真係好震撼：「**原來霓虹燈管可以咁自由彎曲嘅！**」。**啲霓虹燈凸出喺馬路上面，閃閃發亮，令到成個城市夜晚都依然咁有活力。**

聽講裝設霓虹燈招牌係有一啲規定，例如凸出去嘅部分最長唔可以多過 4.2 米，離開行人路要有至少 3.5 米高度，離開車道就最少要有 5.8 米等等。以前政府對呢啲規定可能冇咁嚴，但自從 2000 年代開始，好似安全標準變得愈嚟愈嚴，唔符合要求嘅招牌都會收到清拆通知。可能的確

邊度有最有個性嘅招牌？

喺日本街頭見到嘅招牌大部分都係**直直咁豎起，**橫向伸出去嘅好少見，而且**設計上通常都係平面為主，好少有立體感。**相對於香港五光十色又充滿創意嘅霓虹燈招牌，日本嘅就比較單調。一到夜晚呢種差異就更加明顯。香港嘅霓虹燈招牌，本身係霓虹管會發光，令到字都閃閃發亮；但如果鐵板手寫招牌就可能完全唔會發光。而日本雖然好少霓虹燈，但夜晚開咗燈嘅招牌反而好多。不過佢哋唔係用霓虹管，而係用螢光燈或者 LED，所以係整個招牌入面打光，成個板發光咁，效果就冇咁立體。

不過講返轉頭，日本其實都有啲好有特色嘅招牌，例如喺車行或者家庭餐廳附近經常見到嘅

係有安全風險，老化嘅招牌有機會跌落嚟傷到行人。但見到呢啲曾經代表香港風貌嘅霓虹招牌逐漸消失，心入面都會覺得有啲唔捨得。

吳松街
2012 vs
2022

「旗幟布條（のぼり旗）」。居酒屋、卡拉 OK 門口常見到嘅「立式燈箱（スタンド看板）」。呢啲喺香港就真係好少見。

我以前喺日本食肆打工嗰陣，成日都會幫手擺呢啲旗幟布條，特別係出新 menu 或者期間限定 menu 嘅時候。可能因為香港地方細，放旗真係唔係咁方便。其實擺旗幟布條冇咁簡單，好多細節都要諗埋，例如會唔會阻住行人、會唔會遮住司機視線等等。擺旗幟布條時要行到對面條馬路睇下效果點。大風嗰陣仲要擔心旗會唔會被吹跌，所以連天氣都要顧住。至於立式燈箱，喺香港都幾罕見，所以我每次返日本見到立式燈箱招牌都會有種「啊～我返咗嚟日本喇！」咁嘅感覺。

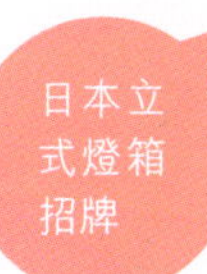

當舖招牌

霓虹燈

第六代大阪「格力高（グリコ）」跑步人招牌

講到最有個性嘅日本招牌，我覺得一定係大阪。**特別係道頓堀嗰一帶，簡直係招牌博物館。**有去過大阪嘅香港人應該唔少，最出名當然係戎橋望過去嘅「格力高（グリコ）」跑步人招牌。原來第一代係 1935 年設置，依家啲格力高招牌已經係第六代（2014 年開始用）。

除咗格力高之外道頓堀仲有好多令人印象深刻嘅招牌，例如「蟹道樂」嘅大螃蟹，巨大嘅蟹可以郁埋。仲有「金龍拉麵」嘅龍，仲有好逼真嘅「餃子王將」招牌，呢啲都係其他地方好少見到。可能呢除咗大型又搶眼嘅霓虹招牌之外，我仲鍾意「當舖」啲招牌。其實當舖招牌好多都係霓虹燈製成。而最令我印象深刻嘅就係，幾乎所有香港嘅當舖都會寫住一個「押」字。對於日文人嚟講，「押」喺日文入面係「推」嘅意思，所以我第一次見到當舖招牌嗰陣都唔禁諗：「咩嚟㗎？係咪推拿店呀？」聽講真係有唔少日本人都誤會咗。另外，大部分當舖招牌白天唔着燈時，招牌係紅色加黃色為主；一到夜晚開燈，就會變成紅色加綠色為主，好有一致性。而且好多招牌都會吊住一個似蝙蝠帶着硬幣形狀嘅設計（蝠鼠吊金錢），望落去都幾特別。而雖然成堆招牌望落去好似一樣，但仔細啲睇就會發現有啲蝙蝠形狀唔同、有啲中間寫住「喜喜」、有啲底部仲加埋箭嘴。呢啲細微嘅分別令每一個招牌都帶有自己嘅個性。我覺得香港呢種**「有統一感之中又有變化」**嘅風格真係好吸引。日本都有當舖，但招牌風格就唔統一，設計同顏

「金龍拉麵」嘅龍

色都好唔一樣，冇乜統一性。

另外我好鍾意一種比較簡單但好有味道嘅招牌，就係**用白色鐵板手寫上去，字係用紅色或者黑色繁體字寫成**。呢啲招牌我行經旺角或者油麻地一帶時成日會見到，每次見到都忍唔住影相。聽講以前香港好多招牌都係手寫嘅，所以當時寫字嘅師傅好搶手。同埋對於我繁體字好有型。雖然日本都用漢字，但依家日本用嘅漢字係「當用漢字」，同香港嘅繁體字有啲唔同。例如「體育」喺日文寫做「体育」、「發現」係「発見」、「豐富」係「豊富」等等。對於日本人嚟講，繁體

種誇張風格，反映咗大阪人嘅性格。日本唔同地區有唔同嘅文化，大阪人比較開朗、鍾意幽默，鍾意搞啲特別搞笑嘅嘢，連時裝都偏向花俏啲。所以我估可能就係因為「唔想輸畀隔籬間舖」，大家互相比創意，結果招牌愈整愈大、愈整愈有特色。■

其他誇張的大阪招牌

字因為筆劃多，睇落去好有氣勢，而能夠將咁多筆劃寫得咁工整真係好令人佩服。

最後我都想講下，一啲繁體字加埋英文手寫上去嘅招牌。喺日本只要識日文基本上就夠用，所以好多招牌都淨係用日文寫（除咗有啲公司本身個名係英文）。但係喺香港，好多公司都會喺招牌上面同時寫繁體字同英文，仲要英文嘅字型通常都幾時尚，排版又好睇，漢字同英文配合得好靚！我喺日本就冇乜見過類似嘅招牌，所以每次見到都覺得好新鮮。

無論係霓虹燈招牌定手寫招牌，我都希望呢啲香港特色嘅文化元素可以盡量保存落去。■

日語增值班

單詞			
	1	看板（かんばん）	招牌
	2	ネオンサイン／ネオン看板（かんばん）	霓虹燈招牌
	3	手書（てが）き	手寫
	4	多（おお）い／少（すく）ない	多 / 少

例文	
	香港（ほんこん）には昔（むかし）たくさんのネオンサインがありましたが、たくさん取（と）り壊（こわ）されて、今（いま）はかなり少（すく）なくなってしまいました。
	香港以前有好多霓虹燈招牌但係好多都被拆咗依家少咗好多。

香港有好多「地滑仔」

小心地滑有咩特別？

我好鍾意影香港嘅小心地滑牌。喺香港差唔多每日都見到小心地滑牌。可能香港人未必會留意，但其實**香港小心地滑牌嘅數量相當多，甚至有機會係全世界最多**。除咗清潔員啱啱抹過嘅地方，地鐵站、商場、住宅門口都成日見到小心地滑牌，有時甚至喺完全唔滑嘅地方都會擺低小心地滑牌。呢啲黃色嘅牌非常顯眼。

點解我咁鍾意小心地滑牌呢？最大嘅原因就係佢哋嘅數量。以前休息嗰陣，我拍過一條「一日搵到幾多個小心地滑？」嘅影片。當日我同朋友一齊去食 lunch，之後去陶瓷堂，夜晚再去食燒肉。喺呢個行程之內，我總共搵到 39 塊小心地滑牌。當日外出咗大約 10 個鐘，即係平均每小時搵

日本好少遇到地滑仔

之前香港朋友話畀我聽，「如果有地方好容易跣親人，但係冇放小心地滑牌，萬一真係有人喺嗰度跣親整親嘅話，有機會會畀人告。所以，香港會特別加強擺放小心地滑牌」。哦，原來係咁！唔怪得同一個地方可以有咁多「小心地滑」啦！

我住喺日本嗰陣時，基本上好少見到「小心地滑」牌。因為數量本身唔多，所以我完全冇留意過佢哋嘅存在。自從我嚟咗香港之後，我每年都會返日本一次。有一年我喺日本試過數下有幾多個小心地滑，結果我喺日本留咗兩個星期，總共只係見到三至四個小心地滑。真係好少……！仲有，我喺日本見到小心地滑嗰陣，**我發現日本嘅寫法係「足元にご注意ください」。呢句日文又長，**

到 4 塊。嗰日冇落雨，如果落雨嘅話，小心地滑牌應該會更多。

除咗數量，佢哋嘅顏色同款式都好吸引。最常見嘅小心地滑牌係黃色，配黑色或者紅色嘅「小心地滑」字樣。但其實香港有好多

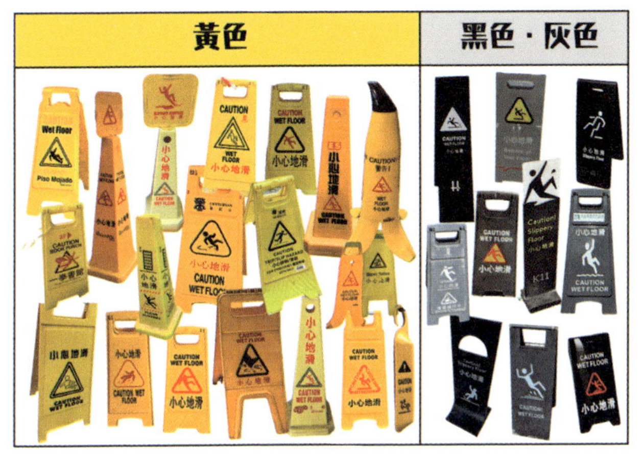

香港地滑仔表

字數又多，而且平假名同漢字夾埋一齊，好似唔太一致。另外，日本小心地滑牌嘅設計都各有唔同，好似冇一個統一嘅基本款式。香港除咗基本款小心地滑之外，仲會偶爾見到其他款式，咁樣先有趣。如果每個牌都完全唔同款嘅話發現新款嘅驚喜感都會少咗（笑）。可能就係呢個原因我對日本嘅小心地滑興趣冇咁大。

話說，喺日本落雪嘅時候，條路真係好滑。雪結冰之後，條路會好似溜冰場咁，滑到不得了。日本落雪嘅地方，冬天會有賣防滑鞋。防滑鞋同普通鞋最大嘅分別就係鞋底。防滑鞋嘅鞋底溝紋比較仔細，而且有好多凹凸紋，有啲款仲會加埋釘（spike），防滑效果更好！如果有呢啲防滑鞋，行結冰嘅路都安心多少少。但如果好似旅行客咁，淨係帶咗波鞋，咁樣行結冰路面就真係好難行⋯⋯又危險。有冇人去過北海道呢？如果有，有冇喺行人路上見過呢啲嘢？**睇落好似垃圾桶，但唔係垃圾桶嚟。呢個叫做「砂**

唔同款式，顏色包括灰色、黑色、銀色、白色、藍色、橙色、透明、木色等。而且，**小心地滑牌上面嘅公仔（我叫佢哋「滑仔」）甫士都百花齊放。**有啲滑仔真係好似跌親，有啲坐喺地上，有啲好似跳舞，有啲好似衝浪（surfing），有啲好似畀人推跌咗（即係被捲入事件……！），甚至有啲瘦到似骷髏骨！仲有，最常見嘅滑仔面同身體中間係分開嘅，但有啲冇呢個空間。面同身體黐埋嘅地滑仔好空見。所以，如果大家見到小心地滑牌，不妨仔細睇吓佢哋嘅顏色同設計，可能會發現意想不到嘅樂趣！

我喺 Youtube 分享關於小心地滑之後，好多粉絲一搵到得意嘅小心地滑牌就會 send 相畀我，多謝大家！而且，當中有好多款式都係我未見過嘅！例如：山上面嘅小心地滑、大石嘅小心地滑、遊樂園入面嘅小心地滑，甚至係手寫版小心地滑等。仲有時我會收到移民去外國嘅粉絲 send 嚟嘅小心地滑相，依家我可以見識

箱」，入面裝住砂，畀人用嚟防滑。用法好簡單，當條路跣到唔行得嗰陣，可以打開砂箱，拎砂出嚟（通常會裝喺膠樽或者膠袋入面），然後灑喺車路或者行人路上面，咁樣就會冇咁跣。用完之後啲空樽或者空袋要放入回收箱。**呢啲砂箱係畀所有人用嘅，而且係免費！**■

北海道冬天好有用嘅地滑仔？

到世界各地唔同款式嘅地滑仔！冇漢字嘅小心地滑對於我真係又新鮮又特別！因為小心地滑，我有機會同粉絲交流，真係好開心，再次多謝大家！■

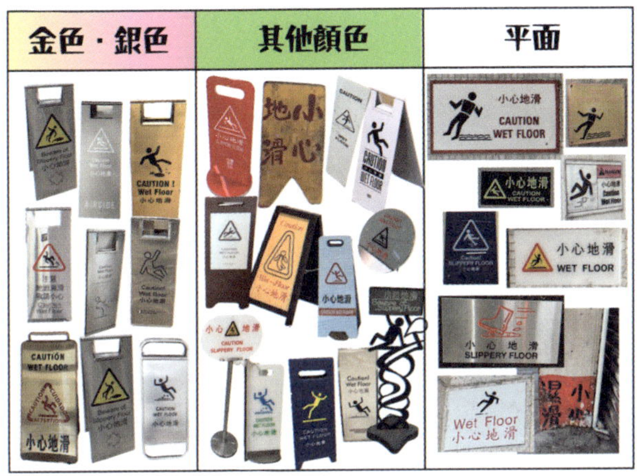

香港地滑仔表

日語增值班

單詞			
	1	足元（あしもと）が滑（すべ）ります。ご注意（ちゅうい）ください。	小心地滑
	2	訴（うった）えます	起訴
	3	訴（うった）えられます	被人起訴
	4	雪（ゆき）が降（ふ）ります	落雪

例文	
	香港（ほんこん）には「足元（あしもと）が滑（すべ）ります。ご注意（ちゅうい）ください。」のプレートがたくさんあります。
	香港有好多小心地滑牌。

作者示範

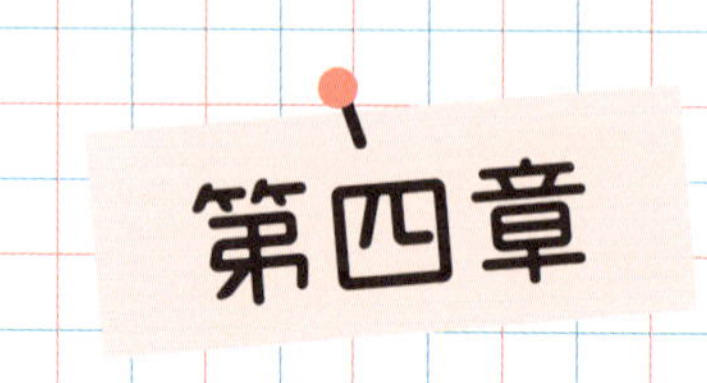

香港交通奇妙冒險

冇導航？！

香港嘅的士根據唔同地區分咗紅色、綠色同水藍色，我覺得好得意呀！而且好平！因為日本嘅的士好貴，我喺日本除非趕唔切尾班車否則都好少搭的士。不過喺香港的士相對嚟講比較容易負擔得起。雖然平，但我啱啱嚟香港嗰陣因為冇錢，為咗慳錢都盡量唔搭的士。可能因為咁樣嘅生活方式維持咗一段時間，所以依家都仲係唔太習慣搭的士。

我唔習慣搭的士，其實仲有另一個原因，就係間唔中會遇到啲好驚嘅司機。香港雖然交通網好發達，但有啲地方係比較難去到。例如得小巴先去到，但每半個鐘先有一班；或者可以行路去，但如果行路要行半個鐘咁

司機着制服

日本嘅的士就唔似香港咁按地區分顏色，佢哋**主要係根據唔同的士公司，各有唔同嘅設計**。另外，喺香港，如果要將行李箱放入車尾箱嘅話要額外收費。但喺日本，一般嘅房車型的士就算放行李入尾箱都唔會另外收費。

司機嘅衣服方面，香港同日本都好唔同。香港嘅的士司機一般都係着自己嘅衫，T 恤都得，牛仔褲都得。但**喺日本大部分的士司機都會着住好似西裝咁嘅制服，仲有唔少司機會戴帽同白手套**。喺日本，的士司機同一般上班族一樣，儀容同潔淨感好重要，咁樣先算係有專業形象。所以好多的士公司都會有指定制服，有啲公司甚至對髮型同鬍鬚都有規定。

耐……咁嘅地方。遇到呢啲情況就唯有搭的士啦。不過如果目的地太近，有啲司機會好似嬲緊咁樣，開車又快又粗魯，真係會嚇親！仲有我都盡量避開早上好早或者半夜搭的士。因為條路車少，有啲司機會開得太快，搞到好似坐緊機動遊戲咁，我真係好驚。唔知香港人係咪已經習慣咗呢種速度呢？

香港嘅的士係根據地區用唔同顏色嚟分，好得意，好有特色，已經變成咗香港嘅一個象徵。

第一次搭的士嗰陣我覺得好神奇嘅係：車入面居然冇導航！我講完目的地，司機就話「收到」，然後就開車！我心諗：「冇導航喎！佢真係識條路咩……？」當時

我覺得日本嘅的士比香港貴。雖然唔同地區同的士公司收費會有少少唔同，但以東京為例大概係咁：

起錶價係 500 円（可以坐到大約 1.096 公里），其後每加 255 米就加 100 円。而且喺日本就算係紅燈停車或者塞車期間都收費。呢種收費方式叫「時間距離併用運賃」，當車速低過每小時 10 公里，系統就會用時間去當作行駛距離嚟計錢，基本上每過 1 分 35 秒就會加多 100 円。另外，夜晚 10 點到凌晨 5 點之間有兩成夜間附加費。所以喺日本搭的士遇到塞車時，我望住計程錶，內心超級緊張（笑）。■

好擔心，不過最後竟然真係準確到達目的地，超級驚喜！之後搭多幾次都發現，雖然都有司機喺唔清楚路線時會用手機查地圖，但大部分香港嘅的士司機都好識路！可能係因為香港地方唔大，所以佢哋熟晒啲街呢？喺日本大部分的士都有車載導航，唔識路嘅話司機會先輸入地址先至開車。所以對日本人嚟講冇導航都照開嘅香港的士，令人震驚。

另外我覺得好有趣嘅係「過海的士」。好似有專用嘅的士站，不過對外國人嚟講好難搵到爆，根本唔知邊度有過海的士用嘅的士站。我啱啱嚟香港冇耐嗰陣，有一次夜晚喺港島工作，錯過咗尾班車，想搵的士返九龍，點知講目的地（九龍），每個司機話唔得。跟住當時嘅客人就對住司機做咗個「V 字手勢」然後講咗句「double」，司機即刻點頭話 OK！我當時個心諗：「原來用錢可以解決！好有外國 feel 呀！」■

日語增值班

單詞			
	1	タクシー	的士
	2	〇〇までお願（ねが）いします	唔該去〇〇（目的地）吖
	3	ゆっくり	速度慢

例文			
	1	すみません、もう少（すこ）しゆっくり走（はし）ってもらえますか。	唔好意思，可唔可以開得慢啲呀？
	2	すみません。空港（くうこう）までお願（ねが）いします。	唔該去機場吖。

巴士冇得唱散紙

冇得唱散紙點算呀～

我嚟香港之後搭嘅交通工具中，最興奮係雙層巴士！有唔少路線我鍾意，但最有回憶嘅係 112 號同 102 號巴士。我以前喺炮台山站附近工作，嗰陣我住喺旺角，通常都搭 MTR 返工，但有一日同事同我講，「其實從呢度搭巴士返旺角㗎，景色非常靚㗎！」佢叫我返工返屋企試吓搭巴士。之後試咗，**由巴士望到嘅景色超級靚**，我好興奮！巴士會經過維多利亞港，夜景特別好靚。從嗰日開始，我就放棄咗地鐵，改搭巴士返工。其實當時我好唔鍾意上司，每日返工都唔開心，唔想返工，但係放工之後望到維多利亞港嘅夜景，嗰個時間唔開心嘅事都可以忘記。

講返，我嚟香港之前完全冇諗過雙層巴士嘅結構。

日本小學生搭普通交通工具返學

喺日本市區嘅巴士大多數都係單層，唔會見到好似香港咁嘅雙層巴士。一方面係因為日本條街上有好多電線同路牌，另一方面係搭巴士嘅人冇香港咁多，所以其實唔需要特登用雙層巴士。不過觀光巴士就有例外，有啲仲係冇車頂，好似香港嗰啲 open-top bus 咁，可以一邊搭車一邊欣賞沿路風景。

話說，大家有冇試過搭日本嘅市區巴士呢？其實**巴士司機附近通常會有找換機，如果冇散銀都可以換錢用**。有啲巴士部機設計唔同，但一般都可以換 50 円至 1000 円。雖然依家多數人都係用 IC 卡搭車，好少機會用到換錢機，不過當你只係得現金嘅時候嗰部機真係好方便。

香港巴士車間距離好近！近到另外國人嚇親！同招牌嘅距離都好近

提醒大家，換錢嘅地方同投錢落車費箱嘅位係分開嘅，不過兩個位都好近，想換錢嘅話，可以搵吓「両替」呢個字。

另外如果你用現金搭車，記得上車時要拎張「整理券」。整理券上面有條 barcode，落車嘅時候要連埋車費一齊放入車費箱。部機會掃描 barcode，計返你應該畀幾多錢同埋確認你有冇畀啱，所以整理券唔好摺爛。

我由小學一年到四年級，每日都係搭巴士返學。之前關於呢件事同香港朋友分享，佢聽完都好驚訝。話香港通常係有校巴接送，**原來香港啲小朋友唔會自己搭公共交通返學。其實我第一次聽到香港有校巴嘅時候都幾驚訝。**

我依家都仲記得小學一年巴士返學第一日。我同媽媽一齊出門口，佢教我點樣行去巴士站。大人行路可能十分鐘就到，但對仲覺得「只係有一個入口，點樣可以搭到上層？」。雖然有朋友話畀我聽巴士內有樓梯，但我都唔明白。我以為雙層巴士會有兩個入口，巴士一停，上層嘅入口會有梯咁升落嚟。第一次搭雙層巴士嗰陣我見到車廂內真係有樓梯，真係好感動。

除咗樓梯之外，仲有**一樣令我驚訝嘅嘢就係香港嘅巴士唔可以換錢**！我冇留意到呢個問題，曾經因為八達通冇錢，搭巴士嘅時候車費大約 12 蚊，但我冇辦法入咗 20 蚊紙。但有一日我見到一個喺日本唔會發生嘅情況。嗰日啲乘客冇散紙，佢係前排到嘅乘客後面啲乘客問「有冇人可以換 20 蚊紙？」。可惜我自己都冇散紙，幫唔到佢，不過最後有其他人幫佢換咗錢。直到嗰日，我原本都覺得香港冇換錢機好唔方便，但之後諗返轉，原來冇換錢機都可以咁解決。■

一個小一學生嚟講要行一倍。去到巴士站已經有好多同學同佢哋媽媽喺度，一齊等巴士，氣氛都幾開心熱鬧。巴士到咗，小朋友搭巴士，喺車窗邊同媽媽揮手講拜拜，媽媽又笑住揮手送佢哋。

日本巴士車廂內

日語增值班

單詞			
	1	両替(りょうがえ)します	唱錢
	2	小銭(こぜに)	散紙
	3	バス停(てい)	巴士站
	4	迎(むか)えに行(い)きます	去接
	5	迎(むか)えに来(き)ます	嚟接

例文			
	1	香港(ほんこん)ドルを日本円(にほんえん)に両替(りょうがえ)したいです。	我想將港紙換做日圓。
	2	すみません、バス停(てい)まで迎(むか)えに来(き)てもらえますか？	唔好意思，可以嚟巴士站接我嗎？

放學嗰陣就係我哋自己搭巴士返屋企。我讀嘅學校有「**交通委員**」，通常係小五小六嘅前輩，**佢哋會教我哋應該排邊度，點樣搭巴士、禮儀等等。**返到屋企附近嘅巴士站，媽媽已經喺度等緊我，佢再教我點樣行返屋企。

學校當時好似有建議家長喺頭一個星期陪小朋友一齊返學，但我記路程記得幾快，有一日學校早放，我仲早過媽媽到巴士站，於是我決定自己一個行返屋企，想整個 surprise 畀媽媽。

返到屋企門口媽媽見到我真係好驚喜，仲讚我：「你咁快識路返嚟嘅？好叻呀！」我當時真係開心得不得了，依家都仲記得嗰種感覺。之後冇耐我識咗一個住喺屋企附近嘅同學，我哋就開始一齊返學。我哋中學高中都同一間學校，所以加埋總共一齊返學咗 12 年。到依家做咗大人，但佢依然係我嘅 best friend。■

交通工具時間表？

幾分鐘一班

香港搭巴士可以用 App 查實時班次，不過就冇好似日本咁有寫到幾點幾分開車嗰種詳細時間表。香港嘅情況多數係寫「每 15 分鐘一班」或者「每 7 至 8 分鐘一班」咁樣，講運行間距多過講準時開出時間。地鐵方面都係咁，唔會喺站入面見到時刻表，反而係要用 App 查開頭班車或者尾班車嘅時間。而喺月台上面，就會有電子顯示板話你知下一班車幾時到。啱啱嚟香港嗰陣我其實有啲唔慣冇時刻表嘅生活，不過依家開始覺得：「**原來唔使好似日本咁樣分分鐘都定晒時間，社會都可以運作得幾好喎。**」可能因為香港一車線路同埋單程路比較多，塞車又多，所以用「幾多分鐘一班」咁樣表示反而仲實際啲都未定。■

點解日本人對時間咁嚴格

喺日本無論搭巴士定搭電車，有時刻表係理所當然。而且時間會寫到好仔細，例如「7:46」、「16:04」咁，準確到分鐘都會寫明。雖然巴士要同其他車一齊行路，有時都未必真係準時，但好多時都可以準時到站。如果巴士提早到咗車站，司機通常會等到原定出發時間先開車，因為可能有乘客係跟住時刻表到嚟搭車。至於電車方面，喺日本如果列車遲咗一分鐘都會喺車站或者車廂入面廣播道歉。再加上，因為電車遲到可能會影響上班，所以車站會派發「遲到證明書」。乘客只要拎住張證明返公司交畀上司，就算遲到咗都唔會被計入遲到。

日本人對時間好嚴格，成日都有人咁講。我嚟咗香港之後先認真諗下背後嘅原因。喺日本如果唔守時

日語增值班

單詞			
	1	遅刻（ちこく）	遲到
	2	乗り遅れます（の・おく）	錯過咗班車
	3	時刻表（じこくひょう）	時間表
	4	アプリ	App

例文		
	申（もう）し訳（わけ）ありません。電車（でんしゃ）に乗（の）り遅（おく）れてしまったので、15分（ふん）ほど遅刻（ちこく）します。	（用日文同客人遲到）唔好意思，我錯過咗班車，會遲大約十五分鐘。

間，好容易畀人覺得冇責任感。特別係做生意，準時基本上係常識。如果同客人約咗，最好提早五分鐘到，咁先算係有誠意。

如果真係會遲嘅話，就算只係遲一分鐘都應該預先通知對方同道歉，呢個係禮貌。不過，除咗「信任」之外，我覺得日本人咁重視時間，其實同交通工具嘅班次唔多都有關係。我讀高中嗰陣平時係踩單車返學，不過冬天就要搭 JR 或者電車，因為落雪唔冇得單車。我屋企係鄉下地方，JR 嘅班次真係好少，有時一個鐘都未必有一班車。朝早如果 miss 咗一班就肯定會遲到（笑）。有時唔小心錯過咗車，如果父母啱啱有時間可以車我去學校就好，但係都唔可以每次都靠父母。換句話講如果唔準時連返學都做唔到。喺咁嘅環境長大，自然就會習慣準時。■

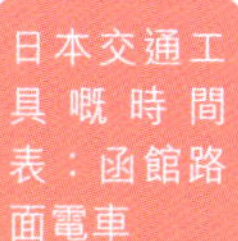

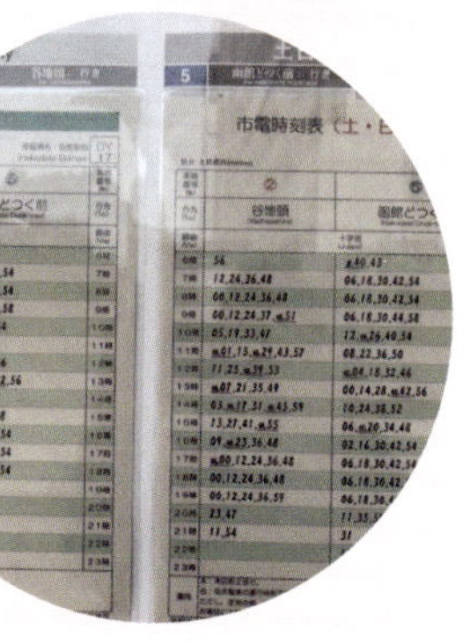

恐怖嘅交通工具

第一次自己一個搭紅van時

喺香港住嘅外國人最唔想搭嘅交通工具，應該就係小巴！因為要自己開口同司機講落車地點，而且好多時都唔知應該點講，對外國人嚟講真係好大壓力。雖然綠 van 有固定路線同車站，勉強都可以接受，但紅 van 真係高難度——連固定車站都冇？！**難度極高嘅交通工具。有時講咗「唔該，○○有落」，但司機完全冇反應，搞到你唔知佢有冇聽到，心都吊住吊住，好唔安心……。**

其實我對紅 van 有一段非常驚嚇嘅回憶。未同我老公結婚之前，我一個人住喺九龍。有一晚我去咗佢屋企食飯。以前每次食完飯，佢都會陪我一齊搭車返屋企，所以嗰晚我哋都一齊喺巴士站等車。點知突然有架紅 van 停低，佢話：「搭紅 van 返

有冇搭過自己撳掣先開門嘅電車？

日本冇好似香港咁嘅小巴，但係有注意嘅「電車」。日本有啲地區嘅電車係要乘客自己撳掣先開門，亦有啲只係得最前面一卡車先會開門。其實我鄉下嘅電車就正正係咁嘅。點解要自己撳掣開門呢？主要係想防止車廂入面嘅冷氣或者暖氣流失，保持車廂溫度舒適。呢種設計喺比較寒冷地區嘅列車上特別常見。

另外，得最前一卡車開門嘅列車通常叫做「ワンマン電車（One-man Train）」，意思係淨係得司機一個人操作，冇車長。因為嗰啲車站冇閘口，為咗防止有人逃票，司機會親自收票或者檢查票，所以乘客一定要由最前面嗰卡車落車。

屋企都得呀，快好多！」講完就叫我上車，然後佢竟然冇上，仲話：「我今晚有事要做，今日送唔到你啦，拜拜～」跟住車門就關咗……！！

我人生第一次一個人搭紅 van，唔知道要幾錢、唔知上車前定落車先畀錢、唔知可唔可以用八達通，連架車係唔係經過我屋企附近都唔清楚。最驚嘅係，到咗附近仲要自己開口講「XX 有落」，我當時超級緊張。

對外國人難度極高的紅 van

車開咗冇耐我就發現呢架紅 van 係只收現

當地人當然知道呢個規則，但對旅客，特別係外國人嚟講，真係幾難理解。好似我上次返鄉下坐電車，雖然有廣播提醒「請由第一卡車落車」，但係淨係得日文，外國人可能完全聽唔明。

仲有喺日本大城市有冇呢啲特別嘅電車，就係「**車廂分離**」。例如京急線有時會有咁樣嘅廣播：「本列車前往青砥，品川之前係特急，品川之後變做普通車。前 8 卡會繼續去青砥，後

JR 函館線。有啲地方啲火車淨係開最前面嗰卡門，甚至有時成列車得一卡！

金。但搵唔到散銀，開始慌張。好彩司機好好人，可能佢估到我係外國人，仲溫柔咁話：「唔使急喎～」嗰陣我好安心。

最後我真係冇散銀，就喺紅燈嗰陣畀咗紙幣，估唔到佢有找錢畀我！**原來紅 van 係收現金，仲會找錢㗎！**我一直以為同普通巴士一樣「唔找錢」，所以當時真係好驚喜，覺得嗰位司機簡直就係天使！■

女性專用車廂

日語增值班

單詞			
	1	ミニバス	小巴
	2	ハードルが高い／難易度が高い	難道好高
	3	すみません、降ります。	唔該，有落
	4	運転手	司機

例文		
	ミニバスは、降りるとき運転手さんに、「すみません、〇〇で降ります」と伝えなければいけないので、外国人にはハードルが高い乗り物です。	小巴落車嘅時候要同司機講「唔該〇〇有落」，所以對外國人難道好高嘅交通工具。

4 卡會喺品川切車，變做回送列車。如果你想去都營線方向，請搭前面 8 卡。」意思即係：列車去到某個車站之後，唔單止變每個站都停，仲會將後面幾卡切走。如果你搭咗後面嗰幾卡就唔會去到目的地。雖然車站會有廣播提醒，但如果人多又嘈，或者你戴住耳機，都幾容易錯過。所以大家喺日本搭車嘅時候，記得要留心聽清楚喎～ ■

百花齊放望左望右

充滿個性嘅字體

我好鍾意香港嘅馬路標識，特別鍾意「望左望右」！

我初嚟香港嘅時候，因為交通規則同日本唔同，過馬路對我嚟講好難。**喺日本冇交通燈嘅地方過馬路，行人優先，基本上汽車會停，但係香港嘅車唔會停！而且唔知道邊邊有車過嚟。**一直都好奇點解香港人過馬路咁勁，但係有一日我發現馬路上寫住「望右 LOOK RIGHT」呢個字。『原來就係咁，佢原來係教我睇邊邊！』對我嚟講，呢個係一個好大嘅發現。

之後每次過馬路，我就會留意「望左望右」，不過每日睇住我發現原來「望左望右」有好多唔同嘅

對外國人難理解

日本嘅有特色嘅嘅交通標誌係「止まれ」(停)。其實香港亦都係咁世界上大部分國家嘅「停」標誌係八角形，但日本嘅止まれ標誌係倒三角形。而且，有啲標誌上冇「STOP」嘅英文字，只係寫日文，咁對外國人嚟講難識別。喺日本東京奧運會或者大阪世博會快到嘅時候，呢啲有關日本交通標誌嘅問題經常會成為話題。

日本嘅道路標誌大致可以分為四大類，分別係「引導標誌」「指示標誌」、「規管標誌」同埋「警告標誌」。

「引導標誌」係用嚟顯示目的地嘅方向、距離或者道路上嘅位置，呢類標誌大多數係四方形，顏色

手寫感十足

字型。有啲係似 Gothic 體咁，有啲係手寫風格線條唔規則，仲有啲字型好時尚，線條之間有間隙，甚至有啲字望字嘅「亡」部分斜到好誇張！真係好得意！另外，當馬路上有蓋（manhole）嘅時候，會見到有啲標識係避開蓋寫，有啲就會直接寫喺蓋上面。

除咗「望左望右」，「巴士站 BUS STOP」同「請勿停車 KEEP CLEAR」等字，仔細

「亡」字斜到不得了

通常係藍底白字、白底藍字，或者綠底白字。

「指示標誌」，則係指示駕駛者喺行車時必須遵守嘅事項，例如「中線」、「安全島」、「停車線」等。

北海道有好多野生鹿，要小心

「規制標誌」主要係用嚟通知駕駛者禁止、限制或者規定行車行為，例如「停車」、「只准行人通行」、「單程路」等等。

至於「警告標誌」係用嚟事前提醒駕駛者注意道路上可能出現嘅危險，標誌多數以黃色為底色，配上黑色圖案或者文字。例如「有踏切（鐵路與道路交叉的地方）」、「橫風注意（注意側風）」、「車線數減少（車道數量減

有井蓋都照寫字

睇嘅話，你會發現每個字嘅設計都有啲唔同，好有趣。好似「望左望右」咁比較細嘅字，你行路時比較容易發現，而「請勿停車」呢啲大啲嘅字，就係搭巴士嘅二樓最前排嗰啲座位可以容易發現到。希望大家都可以留意下街上嘅字，會發現每日行路都變得更加開心。■

避開井蓋寫字

時尚設計

少）」、「落石のおそれあり（小心落石）」等等。如果去到鄉村地區，仲可以見到「小心動物」標誌，動物嘅種類都多樣，有鹿、猴子或者狐狸等。■

日語增值班

單詞			
	1	道路（どうろ）	馬路
	2	道路（どうろ）を渡（わた）ります	過馬路
	3	右（みぎ）	右
	4	左（ひだり）	左

例文	
道路（どうろ）を渡（わた）るときは車（くるま）に気（き）を付（つ）けてください。	過馬路嘅時候請睇車。

引導標誌	東京都 Tokyo Met.；東京駅 Tokyo Sta. 2km；日本橋 Nihonbashi 上馬 Kamiuma 大森 Omori；出口 EXIT 4 横浜 Yokohama；P 1km 中井 Nakai；国道 142 ROUTE；青山通り Aoyama-dori Ave.
指示標誌	停止線、斑馬線、中央線、安全島、優先道路、停止、減速慢行、禁止超車、行人等專用、時間限制停車區
規制標誌	禁止車輛通行、禁止迴車、最低速度、最高速度、單程路
警告標誌	鐵路與道路交叉的地方、注意側風、注意落石、行車線減少、注意動物橫過

（圖片出處：日本國土交通省）

日本嘅規制標示「行人等專用」

日本嘅驚戒標示「附近有學校，幼稚園，保育園等）

響安好嘈呀！

香港篇 響號大合奏

我喺香港未試過揸車，但係以前喺日本住嘅時候就好鍾意揸車，成日會自己一個開車去唔同地方。我考車牌嗰陣都特登揀咗手排波（MT）唔係自動波（AT），之後都揸開 MT 車（不過嗰架車舊咗已經報廢咗啦）。

講真，我都有啲唔敢喺香港揸車。因為覺得香港好多人揸車都幾「勇」。市區啲車有時會開到好似喺高速公路咁快，亦都唔少人唔打燈就轉線。有啲車即使前面清楚見到有行人都唔會減速。有時又會見到明明後面已經塞晒車但司機慢慢揸住車搵路。有時又會見到後面有行人都照樣後波行車。可能因為噉樣嘅司機比較多，我喺香港街都經常聽到車喇叭聲。

東瀛篇 唔好亂咁撳響號

喺日本都有人會撳響號，不過好少會好似香港啲司機咁撳得咁耐。通常都係前面架車揸得慢，可能一邊睇緊導航，一邊慢慢行嘅時候、又或者行人突然衝出嚟嘅時候，又或者轉綠燈咗前面架車冇郁，呢啲情況會**輕輕「嘟」一聲**。不過根據日本嘅道路交通法，咁樣用又或者其實唔正確。

喺日本，有啲山區或者視線唔好嘅彎道會設有「鳴笛」路牌，表示即使前面冇車都要撳響號提醒有自己架車嘅存在。只喺有呢個牌嘅位置先可以或者應該撳響號，如果冇標誌就唔應該亂撳。即係話，平時香港人習慣嘅「提醒式」撳響號，喺日本可能已經屬於違規。

最常見嘅情況就係，有車停喺禁止停車嘅地方，擋住晒條路。後面嘅車會狂撳響號，仲唔止一架，成排車一齊響，好似響號大合奏咁，又嘈又嚇人（笑）！有時嗰架違規車真係好耐都唔郁，啲人可以響足幾十秒甚至幾分鐘。喺日本就原則上只有遇到有「鳴笛路牌」嗰啲特別情況先可以用車響號（即係道路交通法入面講嘅「必須響號嘅情況」）。唔知香港有冇類似嘅規定呢？

另外，我發現香港有好多路邊泊車。可能係因為停車場太貴？又或者附近根本冇停車場，或者車位唔夠？我覺得幾有趣嘅係，有啲餐廳附近有人路邊泊車，當警察嚟巡邏嘅時候，店員會主動同客人講「抄牌呀！」叫佢哋快啲走。如果喺日本，店鋪可能會反而叫客人唔好喺門口亂泊，但喺香港就係店方幫客人（笑），都幾反映兩地文化嘅差異。■

另外，因為喺日本平時大家都唔撳響號，所以有時反而會引起唔必要嘅衝突。例如你撳咗響號提醒前面揸得慢嘅司機，對方可能會覺得你挑釁佢，嬲到落車搵你理論，甚至想打交。現實中真係有啲案例，最後變成打人或者整爛人哋架車，變成刑事事件。

取得駕駛執照未滿一年的初心運転者必須貼呢個標誌（義務）。呢個標誌叫初心者標誌或者若葉標誌（左・中央）。100 円店都有得買。

日語增值班

單詞			
	1	車(くるま)	汽車
	2	運転(うんてん)が粗(あら)い	揸車好粗魯
	3	一方通行(いっぽうつうこう)	單程路
	4	ウインカーを出(だ)します	打指示燈

例文			
	1	香港(ほんこん)は車(くるま)の運転(うんてん)が粗(あら)い人(ひと)が多(おお)いです。	香港好多人揸車好粗魯。
	2	曲(ま)がるときは必(かなら)ずウインカーを出(だ)してください。	轉彎嘅時候一定要打指示燈。

提醒大家，我發覺香港比起日本多咗好多單程路。可能因為咁唔少香港人去到日本租車自駕遊時，右轉左轉都唔會打燈，好危險。但係根據日本嘅交通法（道路交通法第五十三條），車輛喺右轉或者左轉之前，基本上係要喺交叉口 30 米前就打燈。如果大家將來去日本自駕遊，記得要留意呢啲嗰～。■

讓座畀老人家

香港人好親切

香港人好有人情味。**搭車嗰陣如果有老人家上車，好快就會有人讓座。**有爸爸媽媽抱住 BB 上車，都一樣會有人即刻起身讓位。而且收到讓座嘅人通常都會話「唔該晒」。我覺得呢種文化真係好犀利。我親眼見過好多次有人讓座，每一次都覺得好感動。

反而日本好少人讓座。以前喺日本住嗰陣其實無乜留意，但係嚟到香港生活一段時間之後，再返日本就突然留意到呢個問題。有一次我同爸爸媽媽一齊搭電車，成架車都滿晒人。因為附近有大學，搭嗰班車嘅大部分乘客都係大學生，好多座位都畀年輕人坐咗。除咗我爸爸媽媽車上仲有幾位睇落都幾大年

BB喊畀人鬧

喺香港如果有人讓座，基本上大家都會講多謝，讓座嗰個同畀人讓位嗰個都會覺得幾溫暖。但係喺日本有時讓座反而會惹嚟反感。「你讓位畀我？你以為我係老人家咩？痴線！」「我 60 歲咋，你讓座我好唔開心！」上網睇下其實真係唔少人因為讓座而畀人鬧。可能就係因為有呢啲原因，日本人先會越嚟越唔敢主動讓座。

另外，對於帶住 BB 嘅人，日本社會有時都幾嚴苛，成日都喺網上有相關新聞掀起討論。有啲人 淨係推住 BB 車喺車站行過，就無啦啦畀人特登行埋撞人。可能係唔鍾意人哋行得慢？真係理解唔到。尤其喺大城市嘅早上繁忙

時間，對帶住小朋友嘅人更加冇乜包容。就算父母已經收起咗 BB 車，用手抱住 BB 上車，都會有人出聲鬧：「你阻住晒！」、「做咩要揀朝早咁多人嘅時間搭車呀？」仲有啲 BB 一喊就更加引起反感，有啲人甚至會話：「你落車啦，唔該！」、「嘈到爆！」咁樣嘅說話。

其實大家都曾經係 BB，都曾經喊過，點解日本人會變得咁無耐性？可能係因為生活太辛苦，工作壓力太大，搞到心都變窄咗？但如果社會越嚟越多人咁樣對待父母同 BB，少子化問題只會更加嚴重。我希望日本可以變成有包容嘅社會。■

紀嘅人，但係最終一個人都冇讓座。我覺得有啲可惜。當然有機會雖然睇落後生但其實身體唔舒服。不過我觀察大部分人都係同朋友坐埋一齊打手機 game，或者傾計笑住，唔似係身體唔舒服。

另外，我覺得香港人對小朋友都好友善。我試過一次搭地鐵見到有個 BB 大聲喊，喊咗好耐都唔停。佢個父母都好似幾無奈。但當時周圍有幾個人都主動開口問：「點解喊呀？冇事嘅～」、「就快到喍啦，唔使喊啦～」嗰刻我心入面覺得好溫暖。喺餐廳，超市都成日見到有職員主動同小朋友講嘢。雖然一定有啲人係唔太鍾意小朋友，但整體嚟講，我覺得香港係一個對帶住小朋友出街都幾友善嘅社會。■

日語增值班

單詞			
	1	お年寄り（としより）	老人家
	2	子供連れ（こどもづれ）	帶小朋友嘅父母
	3	席（せき）を譲（ゆず）ります	讓座
	4	優（やさ）しい	温柔，體貼

例文			
	1	もしよかったらどうぞ。	不如你坐啦。
	2	香港人（ほんこんじん）はお年寄り（おとしより）や子供連れ（こどもづれ）の人（ひと）に対（たい）して優（やさ）しいです。	香港人對老人家，帶小朋友嘅父母好體貼。

作者示範

第五章

打工仔之文化衝擊

香港冇交通津貼⁉

claim 交通費會畀人覺得小器⁉

大家返工交通費係自己畀？定係公司幫你畀呢？我嚟香港做嘢之後覺得震驚嘅其中一樣嘢，就係「冇交通津貼」！因為喺日本交通費一般都係由公司負擔，所以知道香港原來係冇津貼，真係好 shock。

我喺香港第一份工，老細係日本人，而我嗰時屋企離公司好近，行路就返到工，所以根本冇諗過交通費。嗰陣我做 Sales，要見客出街就用公司張八達通。之後第二份工，老細都係日本人，我主要搭巴士返工，公司有比交通費。每個月月尾我都會用 Excel 填返上下班同外勤嘅交通開支，再交畀 Admin 申請。

搭新幹線返工

日本好多公司都有交通津貼，通常會一年兩次發放六個月定期車票嘅費用。我查過，**原來根據日本法律公司其實冇義務一定要比交通費，但係大部分公司都會當係一種福利畀員工。**

我喺日本做過幾間公司，每間都有畀交通津貼。第一份工係開私家車返工，公司就畀油錢。另一份工就搭電車返工，公司會包晒返工嘅交通費。嗰間公司有趣嘅地方係，大部分員工都係搭電車或者巴士返工，但係有一位同事係搭新幹線返工。當時公司喺東京，而佢住喺靜岡，單程搭新幹線要成個半鐘，同埋一程都要六千円，但到咗第三份工，老細係香港人，我先知道原來香港好多公司係真係冇交通津貼。我真係幾震驚。因為我喺嗰間公司有時要出街做嘢，成日都去分店幫手，但係過咗幾個星期都冇人同我講過點樣報銷交通費，我就開始覺得奇怪，於是問同事：「交通費係點 claim 㗎？」點知同事話：「交通費？我冇 claim 過喎。」我再追問：「但係你成日要出街㗎喎，係咪都自己畀曬？」佢話：「我其實都冇諗過要 claim，因為香港交通費唔算貴，搭幾個站就 claim，好似好小器咁。」

嗰下我個腦入面即刻彈出十個驚嘆號！！！！！！！！！！——「claim 交通費會畀人覺得小器？！」呢個概念對於喺日本做過嘢嘅我嚟講真係難以理解。即使搭幾個站累積起上嚟一個月都幾百蚊。我屋企離公司唔算遠都無所謂，但有啲人可能要由天水圍返中環，或者由柴灣去堅尼地城，咁長途返工點算呢？係咪因為

一個月加埋都好貴。正常情況下如果屋企喺靜岡而喺東京返工，大部分人都會搬去東京附近住。不過可能因為家庭原因，佢選擇唔搬，繼續住喺靜岡。其實咁貴嘅交通費通常一般員工就得公司未必接受，不過佢係管理層，所以公司都批准。

冬天揸車返工要小心！

講返通勤時間，日本人覺得搭個半鐘車返工都唔算好誇張。東京租金好貴，有家庭或者小朋友嘅人通常會揀住喺千葉、埼玉嗰啲地方，因為租金平啲同埋地方大啲。咁樣通勤時間會長，有啲人每日返工都要搭超過一個鐘車。所以日本人喺車上面睇報紙或者睇書好常見。雖然依家好多人用智能電話，但係我返日本嘅時候見到有人仲係車廂入面睇書，令我覺得安心。■

咁，所以香港人搵工會咁著重「近屋企」？仲諗緊呢啲嘢嗰陣，同事再補一句：「如果你真係想 claim，不如問下老細啦。不過我就唔會啦。」 哇，講到好似我係孤寒人咁。雖然香港交通費比起日本平啲，日本嗰陣我經常要增值，但嚟到香港反而冇咁密。但如果係公司叫你出街做嘢，點解交通費都要自己畀呢？不過最後我都係半放棄狀態咁繼續做咗幾年（笑）。

寫呢篇文章嘅時候我突然發現咗一樣幾有趣嘅事：「**冇 OT 錢我可以接受，但交通費冇得 claim，我接受唔到。**」自己都覺得好奇怪。■

唔少日本人都踩單車返工

日語增值班

單詞			
	1	通勤手当（つうきんてあて）	交通津貼
	2	ケチ	小氣，孤寒
	3	残業代（ざんぎょうだい）	OT 費

例文			
	1	私（わたし）の会社（かいしゃ）は通勤手当（つうきんてあて）が出（で）ません。	我公司冇交通津貼。
	2	すみません、残業代（ざんぎょうだい）は出（で）ますか？	請問會唔會有 OT 費？

神秘制度「病假」

每個月可以使用一至兩日

我嚟咗香港之後覺得驚訝嘅職場文化其中一樣嘢就係「病假」制度。只要交張醫生紙畀公司，就可以攞到病假，嗰日都可以攞人工。而且每個月居然可以使用一至兩日呢個神秘嘅限制！對香港人嚟講，呢個病假制度可能係好普通，但**對於以前喺冇病假，甚至乎唔知道自己有幾多有薪假期嘅日本工作嘅我，簡直係夢想。**

我覺得香港同日本喺「休息」概念上有好大嘅差異。香港人嘅健康意識非常高，當身體唔舒服嘅時候，唔勉強自己係理所當然嘅（當然，唔包埋逃避上班嘅情況……），而且經常會聽到「最緊要身體健康！」呢句說話。另外，香港人對唔算係病嘅身體唔適，都會搵中醫調理，平時仲會儲埋各種健康

體調管理都係自我管理嘅一部分

不過，日本就唔同嘞。日本成日會講「**體調管理都係自我管理嘅一部分**」，呢個含意係如果你因為感冒請假，就等於你冇做好自我管理，會被認為你係社會人失格。所以喺日本請病假係一種「不良行為」。大部分日本公司都冇病假制度，因為身體唔舒服請假而唔想扣人工嘅話，通常會揀「用有薪假期」。

實際上我以前喺日本工作嘅時候都係咁樣做。有時候遇到啲好似天使咁嘅上司，佢會同你講：「唔使用有薪假期啦（工資都唔會扣）」嘅情況，但呢啲要睇公司，間間都唔係咁樣。

另外，獎金評核都會因為病假而受到影響，例如

知識，避免身體問題出現。同理喺香港如果請病假，上司或者客戶一般都唔會怪你，反而會覺得身體唔舒服就冇辦法，應該休息。有時有同事幫我手，如果真係有啲嘢一定要自己處理嘅話都可以喺屋企處理，好有彈性。■

「〇〇先生，雖然你嘅業績達成到，工作態度又唔錯，但今年你因為身體不適每個月都請咗假，請你好好管理自己健康。」類似嘅說話我都聽過。因為喺日本，常說「體調管理都係工作的一部分」，如果自己無法做好體調管理，經常病假，最終影響到工作進度，並且給同事帶來麻煩，咁樣可能會對獎金的評估產生影響。

因此，**喺日本請病假係非常困難，最唔受歡迎嘅情況就係星期一請假**。我以前喺日本工作，無論邊個喺星期一請假，都會有人喺背後講：「星期一請假，簡直不可思議！」、「係呀！如果係我嘅話，一定會爬返嚟返工！」我睇到前輩咁樣講，先明白……原來星期一無論點都要返工！「爬返嚟返工」其實完全唔係誇張，我親眼見過好幾個同事發燒 38 度以上，仲堅持返工。

日語增值班

作者示範

單詞			
	1	病欠（びょうけつ）	病假
	2	休（やす）みを取（と）ります	攞假期
	3	有給休暇（ゆうきゅうきゅうか）／有休（ゆうきゅう）	有薪假期
	4	具合（ぐあい）が悪（わる）い	身體不適
	5	お大事（だいじ）に	保重

例文

私：　おはようございます。May です。すみません、今日（きょう）は具合（ぐあい）が悪（わる）いので会社（かいしゃ）を休（やす）みたいんですが。

上司：そうですか、わかりました。お大事（だいじ）にしてください。

我：　早晨，我係 May。唔好意思今日身體唔舒服，我要請假。

上司：明白，請保重。

順便提一提，我喺日本工作過幾間公司，除咗身體不適冇法企嘅情況之外，即使身體不適都要返工嘅。喺日本時，我相信呢個係上班族嘅規則，從來冇諗過呢個想法有問題。可怕嘅係，周圍啲人都冇「感冒返工會傳染畀其他人，所以唔應該返」呢種概念。

另外，喺香港可能難以想像，但喺日本，即使係發高燒返工，往往會被認為「好犀利」。我曾經發高燒返工，仲比人稱讚：「你真係好叻喎！」。後來去睇醫生，發現自己得咗流感，必須請假，但因為高燒返工而被稱讚，會令人覺得「咁樣付出係值得嘅！以後身體唔舒服都要努力返工！」呢種奇怪嘅動力。

不過，呢個係我十年前喺日本工作嘅情況。隨住新冠疫情，呢種文化可能已經改變咗。■

有薪假期使用方法

每年出請假攻略

喺香港大部分人都會清楚自己有幾多日有薪假期，而轉工嘅時候都會留意新公司有幾多日假期，問清楚。香港每年政府一公佈下一年嘅公眾假期，好多媒體就會即刻出「**請假攻略**」！教你點樣請假先至可以放到長假、連假。變成大家熱烈討論嘅話題。我以前喺日本從來都冇見過呢啲「攻略」，覺得好有趣。

香港人會好認真去用晒自己嘅有薪假期。例如一年有 15 日年假，唔少人都會努力咁安排去旅行，睇演唱會等等，就係為咗私人活動攞假期。以前我喺香港一間公司做嘢嘅時候，有見過有個同事同上司商量「我想去旅行所以要請假，但係唔夠有薪假期，唔夠嗰

攞假覺得唔好意思

有薪假期其實係日本《勞動基準法》入面明文規定嘅勞工權利，不過現實中好多人都冇放過。以前我喺日本做嘢嗰陣，其實差唔多都冇乜放過年假。有幾日係因為將病假當做年假，仲有就係返鄉下探親嗰陣放過幾日。

嗰陣我連自己有幾多日有薪假期都唔知，轉工嗰陣都冇特別留意新公司有幾多日有薪假期。日本人之所以咁唔易請年假，好多時都係因為「上司都冇乜請假，自己都唔好意思請……」、「怕自己放假就令同事麻煩」、「放假會畀上司黑面」呢啲理由。結果好多人都係一直冇放年假，拖到辭職嗰陣先一次過放晒。

啲日子照扣人工都得」。我喺日本冇見過呢啲情況所以覺得好驚訝。聽講有啲公司甚至會規定，員工一定要用晒所有年假，唔可以唔放。真係珍惜員工！

好似香港咁，做嘢就專心做，放假就放假，玩到盡，呢種文化真係好正。對於喺日本長大、年假好難請嘅人嚟講，真係覺得好羨慕。

順帶一提，我以前喺香港做嘢嘅公司都有試過難請假嘅情況。嗰間公司嘅老闆係日本人。我同上司講「我想喺○月○號想請假」，佢竟然回我：「吓？我今年都仲未放過假喎……」其實潛台意思就係「你係我嘅下屬，竟然想早過我請假？」

我覺得呢種「唔放假努力做嘢係美德」咁樣嘅文化，真係唔健康。長期唔休息咁做嘢，唔單止效率低，對身體都唔好。有薪假期就係用嚟

攞假期同朋友一齊去越南

日語增值班

單詞	1	祝日（しゅくじつ）	公眾假期
	2	旅行（りょこう）	旅行
	3	話題（わだい）になります	成為熱門話題

例文	1	香港（ほんこん）では、翌年（よくとし）の祝日（しゅくじつ）が発表（はっぴょう）されると、色々（いろいろ）なメディアで有給休暇（ゆうきゅうきゅうか）攻略方法（こうりゃくほうほう）が紹介（しょうかい）され、話題（わだい）になります。	喺香港政府發表下年嘅公眾假期，好多媒體介紹請假攻略，成為熱門話題。
	2	来月（らいげつ）日本（にほん）に旅行（りょこう）に行（い）くので、有休（ゆうきゅう）を取（と）りたいです。	下個月我去日本，想攞假期。

畀人休息同充電。

其實我喺日本打工已經係十年前嘅事，所以我查咗最近日本人嘅有薪假嘅情況。根據日本厚生勞働省調查（令和６年就労条件総合調查）顯示，2024 年平均每位勞工獲發有薪假為 16.9 日，勞工實際放到嘅日子平均 11 日，放假率有 65.3%。

我亦都睇返自己 2014 年嚟香港嗰年嘅數據，嗰時日本平均獲發有薪假係 18.5 日，勞工實際放到嘅日子 9 日，得 48.8% 放假率。雖然唔同工種會有差異，而且日本人好多時會將病假當做年假用，未必完全反映真正意義上嘅「有薪假期」，但總體嚟講比以前好咗好多。

順便一提，根據 Expedia 做嘅《2024 年全球有薪假比較調查》，香港嘅年假使用率竟然高達 108%！真係勁呀～！■

喺公司食早餐

原來係真嘅

我未嚟香港之前，有個喺香港住過嘅日本人朋友同我講過：「香港人如果 10 點返工，佢哋會 10 點先到公司，跟住喺公司開始食早餐，一路食早餐一路開工。」我當時真係唔明，應該話，完全理解唔到。

我喺香港第一份工嘅老闆係日本人，所以同一般嘅日本嘅公司一樣，對時間好嚴格。我記得嗰陣時遲到一分鐘就要罰一蚊。因為老闆對時間咁嚴，所以冇香港同事會一路開工一路食早餐。到第二份工，我終於遇到一個喺開工時間啱啱開始食早餐嘅香港人同事。嗰位同事每日都啱啱 10 點先到（或者有時遲到），**坐低之後第一件事就係打開麥當勞個**紙袋。佢擺咗個手提電腦喺枱上當餐枱用，根本冇開機。**食咗成 20 分鐘先開始做嘢。**我第一次見到呢

食飯優先定做嘢優先

日本人如果朝早瞓晏咗，要揀「遲到返工」定「唔食早餐」，大多數人都會揀唔食早餐。因為遲到喺日本可以話係一件好嚴重嘅事，幾乎等於攞命咁！喺日本冇可能開工之後先喺辦公室度食早餐。如果真係咁做，分分鐘即刻被老細炒魷……（笑）。

我喺香港做嘢之後先發現原來大家對「食飯優先定做嘢優先」嘅睇法有好大分別。喺日本，如果午餐時間有嘢做，好多人都會選擇縮短 lunch time，甚至唔食都要先完成工作。而上司都會欣賞啲咁嘅員工。再例如，公司嘅 lunch time 係中午 12 點至 1 點，如果有客人話想喺呢段時間嚟 office，日本人通常都會話「冇問題」，寧願犧牲自己嘅午餐時間。不過可能好多香港人會講：「嗰陣係 lunch

個情景，心諗：「就係呢個啊！終於親眼見到朋友講嗰樣嘢啦！」覺得好開心。

我之前睇過一篇香港報紙，講緊啲人開工時間過咗都仲喺公司食早餐。入面有網民分享話：「我哋公司過咗九點就唔可以再食早餐，會唔會太刻薄？」跟住有唔同人留言，例如：「我哋公司一星期可以食兩次早餐，而且仲係公司畀錢。」又有啲人話：「想喺公司食早餐都無問題，但你應該開工之前食完先啦。」又有啲人話：「有啲同事照樣食到九點幾，之後仲慢慢上網。」對我呢個日本人嚟講，過咗開工時間都要先食早餐，真係幾難理解（笑）。於是嗰陣時我就問咗香港同事，點解香港人會喺開工時間之後先食早餐？佢話：「因為香港成日塞車，如果塞車就會 miss 咗食早餐嘅時間，所以咪喺公司食囉。」如果喺日本大家會預早出門避塞車，或者會選擇喺屋企食完早餐先出門。但係香港人好

time，可唔可以改個時間？」

喺日本甚至有句說話：「客人係神」。即係連自己嘅食飯時間都可以為咗客人讓出嚟。不過如果長期咁樣，每日都壓縮 lunch time，對健康真係唔係幾好。我嚟到香港之後學識咗，其實雖然為客人著想係有責任感，但自己嘅健康都同樣重要。■

似冇咁樣諗，呢點我覺得幾有趣，真係一個文化差異。

從另一個角度睇，對香港人嚟講，早餐可能真係好重要。事實上唔止早餐，就算工作好忙，香港人到咗午餐時間都會出去食飯。相反，日本人有時會為咗工作唔食 lunch。可能因為香港人健康意識比較高，所以覺得定時食飯係好重要。■

日語增值班

單詞			
	1	ノートパソコン	手提電腦
	2	始業時間(しぎょうじかん)	開工時間
	3	同僚(どうりょう)	同事

例文			
	1	私(わたし)は家(いえ)で朝(あさ)ごはんを食(た)べます。	我喺屋企食早餐。
	2	同僚(どうりょう)は始業時間(しぎょうじかん)を過(す)ぎているのに会社(がいしゃ)で朝(あさ)ごはんを食(た)べます。	同事過咗開工時間都每朝喺公司食早餐。
	3	ノートパソコンの上(うえ)で朝(あさ)ごはんを食(た)べないでください。	唔好喺手提電腦上邊食早餐啦。

作者示範

點解呢樣嘢會喺張枱上面？

廁紙同普通紙巾冇分別？

香港嘅辦公室文化幾有趣，連枱上面擺嘅嘢都同日本唔一樣。我第一日喺香港返工嗰日，入到間公司見到有個同事張枱上竟然放咗一卷廁紙。**當時我真係唔明白，點解要將廁紙擺喺工作枱上面？？？**心諗：「佢應該係公司入面最搞笑嗰個，所以先做啲咁無厘頭嘅事！」點知望下周邊，發現唔止佢一個，其他同事張枱上都有廁紙。

嗰一刻我先知道，原來香港人好多時都唔會特別分開用廁紙同紙巾。而且唔單止喺辦公室，連啲餐廳、食肆啲枱上面都可以見到廁紙擺喺度。**如果係日本，廁紙只會喺廁所出現**，所以我嗰陣真係幾驚訝。

廁紙同紙巾係唔同嘅嘢嚟㗎

喺日本廁紙一般只會喺廁所入面用，唔會攞嚟喺其他地方用。除咗尺寸唔啱之外仲有一個主要原因就係，**廁紙會令大家聯想到廁所。**所以喺餐廳或者辦公室用廁紙，對日本人嚟講冇可能嘅事（笑）。唔止我一個人咁樣諗，喺香港住嘅日本朋友們都對呢件事覺得好驚訝。應該可以話，係所有日本人都會有共鳴嘅文化差異。

總之喺日本，廁紙就只係用嚟去廁所，至於鼻或者抹嘴就會用普通紙巾。

講開又講，好多香港人都會話日本啲紙巾太薄，好難用。但對我呢個習慣咗日本紙巾嘅日

本人嚟講，反而覺得香港啲紙巾太厚，用起上嚟唔係幾方便。尤其係擤鼻涕嗰陣用厚紙巾唔太順手，因為我已經習慣咗日本嗰啲薄薄地、柔軟啲嘅紙巾。

另外我發現有啲香港人會用紙巾當手巾咁用，但喺日本紙巾就係紙巾。想抹手就會用手巾，所以日本出街用嗰啲迷你紙巾，係唔會為咗抹手設計。因為咁，佢哋比較薄都冇問題。

不過因為疫情之後日本都開始厚身少少嘅迷你紙巾受歡迎。大家開始覺得用厚啲嘅紙巾抹手，比用手巾衛生啲。依家去到百円店或者無印良品都可以搵到呢類比較厚身嘅迷你紙巾。

講起香港紙巾，**tempo 紙巾其實對日本人超受歡迎，成日都有人帶返去做手信。**如果有朋友唔知買咩手信好，買 tempo 紙巾都係一個唔錯嘅選擇呀！■

之後我喺 YouTube 分享咗呢個故事，有人留言話：「其實廁紙平過紙巾，所以我哋屋企都主要用廁紙。」咁講又真係有道理，我之前完全冇諗過可以咁樣睇。

除此之外，香港辦公室文化入面仲有一樣我覺得好得意嘅文化差異，就係部分公司去廁所要攞鎖匙。為咗保安香港好多公司嘅廁所都係鎖住，有鎖匙先入得。其實我嚟香港之前有朋友同我提過呢件事，不過當時都唔係好明白。

喺日本寫字樓入面嘅廁所通常邊層都可以用，唔會特別鎖住，最多都係個廁格入面嗰條鎖。香港原來係成個廁所入口都要用鎖匙開門先入得去。直到我實際喺香港返工，親眼見到公司廁所先至明白。■

日語增值班

單詞			
	1	机（つくえ）／デスク	檯
	2	トイレットペーパー	廁紙
	3	ティッシュペーパー	紙巾
	4	鍵（かぎ）	鎖匙

例文			
	1	すみません、トイレの鍵（かぎ）はどこですか？	唔好意思，廁所鎖匙係邊度？
	2	香港（ほんこん）では、トイレットペーパーもティッシュペーパーとして使（つか）います。	係香港將廁紙當係普通紙巾咁用。

香港冇「就活」

香港篇

同日本好唔同

我喺香港開始做嘢冇耐就好快發現咗一樣嘢：香港同日本喺請人方面嘅方法好唔同。日本有個好特別嘅制度，叫做「新卒一括採用」。意思係公司會喺大學生畢業之前就開始進行招聘程序，等到春天一齊請晒啲新畢業生。為咗應付呢個制度，學生通常喺三年級開始就要搵心水公司，寫 CV、準備面試等等。但係香港就唔係咁。我第一間喺香港打工嘅公司係長期都有人手需求，經常請人，而求職者幾時嚟申請都唔一樣，咁我就留意到，**原來香港根本冇「新卒一括採用」呢樣嘢。**以前我以為日本嗰套制度喺全世界都係咁，點知原來只係日本先有。搬到海外生活，真係會令你發現，自己國家嘅文化同習慣，其實一啲都唔係理所當然。

新畢業學生一括採用

日本嘅大學生為咗搵工要做「就職活動（就活）」。我記得自己大學生嗰陣時，大約係大學三年級 10 月開始就活。具體做咩呢？**流程係：首先做自己分析，然後就係註冊就活網站、跟住 entry（表示有興趣），然後參加企業説明會，提交 entry sheet，經過書類選考，最後進行面試，成功獲得內定。**對我嚟講，最深刻嘅經歷係「自己分析」同「企業説明會」。

「自己分析」其實就係回顧自己由細到大嘅人生。簡單嚟講，就係分析自己鍾意啲咩，做得叻啲咩，自己嘅性格係點，之類嘅。了解咗自己，搵工時就唔會咁容易迷失方向。而且，了解自己後，喺面試時，喺有限嘅時間內可以清楚咁表達自己。做呢講返新卒一括採用，其實都有唔少問題。學生未畢業就要開始搵工，搞到好難專心做研究。而且如果身邊啲同學已經拎到 offer，自己仲未有消息，難免會攞自己嚟同人比較，壓力好大……。所以我反而覺得，香港咁樣嘅制度幾好：**學生可以專心完成學業，之後再決定幾時開始做嘢。**仲有啲人會選擇畢業後先去旅行或者留學，條路行得自由啲。

不過，香港呢種比較彈性嘅招聘制度都唔係冇壞處。因為**新人入職嘅時間唔一致，**公司冇辦法好似日本咁安排一個「新入社員研修」。喺日本，大部分公司都會喺四月請一批新畢業生，然後進行一至三個月左右嘅集中訓練。呢啲培訓會教社會人應有嘅禮儀、解難技巧、邏輯思考能力等等，仲有好多 group work。相對之下，我覺得香港就比較少見到有咁系統化、成套嘅新入職訓練。可能就因為咁，所以香港出現咗一啲私人老師開辦嘅課程，

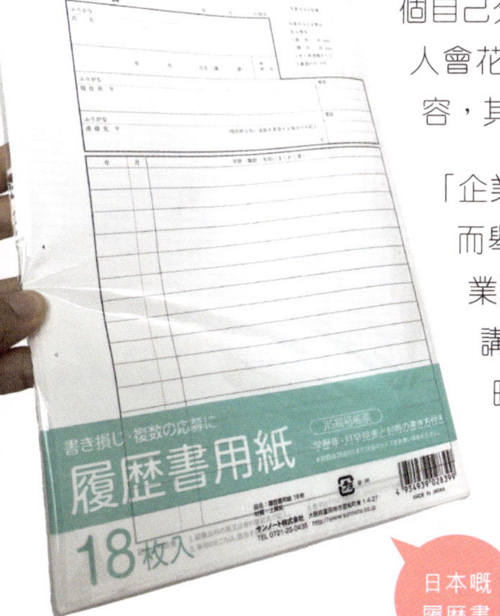

日本嘅履歷書

個自己分析，可以花幾個鐘頭，甚至有啲人會花一至兩個星期時間。分析完嘅內容，其實唔係交畀公司，而係自己用。

「企業說明會」就係公司為咗招募新卒而舉行嘅說明會，通常會解釋公司嘅業務內容，甚至會邀請公司員工現身講解實際嘅工作情況，亦會有 Q&A 時間讓學生提問。呢啲說明會唔止一場，因為公司會為唔同地方嘅大學生安排唔同嘅時間同地點。每年秋天差唔多就係呢啲活動嘅高峰期。咁呢段時間，就會見到成街都係啲穿住黑色西

例如「點樣保持目標感、提升 motivation」「點樣處理人際關係嘅技巧」等等。有需要嘅人就會自己報名去學。

另外，香港同日本寫 CV 嘅方式都好唔同。日本有專用嘅 CV 表格式，文具舖或者百円店就買到，跟住按格式填資料。雖然依家係電腦時代，好多人都會 download 電子版嚟打字，但基本上大家都跟住固定 layout。但喺**香港大家就鍾意用自己嘅方式去設計 CV，有自己嘅風格**。有啲人嘅 CV 可以長達兩三頁，內容比日本寫得詳細好多。尤其係會寫自己喺過去公司達成過啲乜嘢成績，仲會用數據支持。相反日本通常會喺「職務經歴書」度先寫工作內容同實績，CV 表本身反而好簡單，通常只係一頁。另外，香港嘅 CV 好多都係英文寫，仲有唔少係冇相嘅。我聽講歐美國家為咗避免歧視，履歷表係唔可以貼相片嘅，可能香港都係受咗嗰邊影響。■

裝，背住新包嘅「就活生」，大家如果見到佢哋，記得心裏加油呀！因為佢哋同平時嘅上班族唔同，通常唔係咁習慣穿西裝，睇落就知係新手。

至於日本嘅新卒面試，其實都有啲特別嘅地方。我大學嗰陣時，面試流程係先有集體面試，合格之後先可以進行個人面試。有啲公司仲會搞小組討論。唔知道香港係點，但日本嘅面試有啲潛規則。例如，敲門要敲三下，聽到面試官話「どうぞお入りください（請入嚟）」先可以入門，入門時要講「失礼します（打攪晒）」，然後等面試官指示「どうぞお座りください（請坐）」先可以落座。面試時啲問題應該同香港差唔多，例如「點解選擇呢間公司？」、「大學期間有冇做過啲特別嘅事？」、「你覺得自己嘅長處同短處係啲咩？」等等。至於面試次數，有啲公司係兩三次，但有啲公司會有七次咁多。我有試過面試七次，最終結果係

日語增值班

單詞			
	1	新卒（しんそつ）	fresh graduate
	2	履歴書（りれきしょ）	CV
	3	面接（めんせつ）	面試

例文	
(透過電郵寄 CV) 履歴書（りれきしょ）を添付（てんぷ）します。ぜひ面接（めんせつ）の機会（きかい）をいただけますと幸（さいわ）いです。よろしくお願（ねが）いいたします。	我添加 CV，希望有機會見工，多多指教。

唔合格，真係幾大打擊。

而日本亦有一種叫「壓迫面試」嘅方式，雖然依家呢個做法少咗，但有啲公司仍然會做。壓迫面試係故意問啲難答嘅問題，想了解應徵者嘅壓力承受能力。比如對方可能會話，「你啱啱講嘅，我唔係好明」或者「有咩根據呀？」、甚至會話「呢啲諗法係唔會適用喺我哋公司嘅」等、將你啱啱嘅回應完全否定。

至於疫情之前呢啲就職活動大部分都係面對面進行。如果住喺鄉下嘅大學生，面試喺東京嘅話佢哋就要搭夜車或者新幹線，花一日時間去參加面試，交通同住宿費都唔平。疫情之後越來越多嘅面試同企業說明會都係透過網絡進行，呢樣減少咗地理距離嘅障礙，亦令日本嘅就活文化有咗變化。■

職位調動

培養專業人才

喺香港，選大學對未來就業有好大影響。喺日本大學嘅學科同實際做嘅工作未必直接相關。好似有啲人讀生物學，但畢業之後做金融，或者有啲人讀經濟學，但畢業之後做製造業等。不過喺香港，讀經濟學嘅人通常會選擇銀行或者投資公司，有關金融嘅工作，而讀語言學嘅人多數會做教育或者翻譯等相關工作。所以香港大學所讀嘅科目，通常會直接影響到之後嘅職業選擇。

另外**香港大學生通常會積極參加 internship，大學開始攞實際工作嘅經驗，亦會透過 internship 建立人脈，為將來就業做好準備**。

公司指示要調職

日本嘅公司有「転勤（調職）」制度。例如如果總公司喺東京，福岡有分公司，員工可能會根據公司指示，由東京調職到福岡嘅分公司，或者由福岡嘅分公司調到另一間分公司。調職通常會涉及搬屋。

調職嘅目的有好多，例如為咗人力資源發展讓員工積累唔同嘅經歷，或者係為咗提升員工技能讓佢哋體驗唔同嘅工作環境同職責，亦有助防止組織運作嘅單調。此外，喺金融業，為咗防止不當行為公司會定期調動員工。不過有啲人唔想調職，所以入職時，公司會問員工有冇轉職嘅意向。

除咗調職日本仲有「部門調動」嘅制度。部門調動指嘅係將員工由現有部門調去其他部門。例如，由同日本企業比較，香港嘅公司通常更加注重培養「專業人才」，而唔係「綜合性人才」。香港入職嘅時候，職位會比較明確，大家會喺某個專業領域提升自己嘅能力。所以部門調動或者工作輪換嘅機會唔係好多，大多數人都會喺自己嘅崗位上繼續累積經驗。即使係服務行業，除非係填補空缺，通常都唔會有太多分店之間嘅調動。另外轉職嘅時候專業嘅技能同經驗深度都係好重要。■

人事部調到商品部。部門調動有時會係為咗填補空缺，但同調職一樣，通常都有為咗人力資源發展嘅目的。透過了解其他部門嘅工作，員工可以學到更廣泛嘅業務知識同技能，亦能夠更了解公司嘅運作，所以好多公司都會採取呢個做法。調動後嘅部門通常喺同一個辦

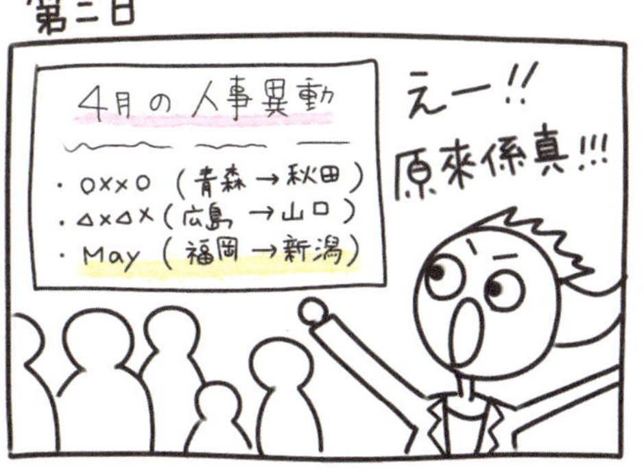

日語增值班

單詞			
	1	転勤（てんきん）	調職（涉及搬屋）
	2	駐在（ちゅうざい）	公司派我
	3	現地採用（げんちさいよう）	本地聘用

例文			
	1	山本（やまもと）さんは駐在（ちゅうざい）で香港（ほんこん）に来（き）ました。	山本先生係因為公司派佢嚟香港駐喺度做嘢。
	2	加藤（かとう）さんは現地採用（げんちさいよう）で香港（ほんこん）に来（き）ました。	加藤小姐係以現地聘用嘅身份嚟到香港做嘢。

公室，所以一般唔需要搬屋。

我本身鍾意去唔同嘅地方，所以喺第一份工作入職時，我有表達過「即使有調職我都唔介意」嘅意向。結果，真係有過調職，經歷咗唔少搬屋。

我當時係一個人住，不過每次工作嘅地方換咗，我父母有時都會過來探下我，因為有免費住宿（即係我屋企），又可以去唔同嘅地方玩，所以佢哋都幾 enjoy，支持我嘅調職（笑）。當時我係單身，所以冇問題，但係有啲人已經結咗婚有家庭就有時唔方便搬屋。**咁嘅情況下公司指示調職，都可以拒絕**，或者通常丈夫一個人調職，太太同小朋友留喺原本嘅屋企，丈夫就要過去住「單身赴任」。■

香港人咁快辭職!?

香港篇　早決定其實係好事

嚟香港之前我聽講過香港人轉工次數比較多，不過真正嚟到之後發現原來大家轉工嘅頻率比我想像中更加高。

我第一份喺香港嘅工作，公司經常請人，有啲人做咗幾個星期或者未夠三個月就辭職，我已經覺得好驚訝。但最令我意想不到嘅係，有人做咗「一日」就辭職。做一日就走，明明見工嗰陣應該已經知道人工同工作內容，係咪因為實際做落發現唔啱，或者覺得同同事唔啱 key，所以即刻決定唔做呢……？對於習慣咗「一入職就做到退休」嘅日本人（雖然依家日本唔係咁），真係好難想像。我本來以為做一日就辭職嘅人係極少

東瀛篇　堅持做3年嘅潛規則

喺日本，轉工多向畀人覺得唔係一件好事。我喺日本嘅時候，好多大人都會講：「**無論份工幾辛苦都好，都要堅持做三年先。**」原因主要係，如果三年未夠就辭職，下次搵工時對方可能會覺得「呢個人係咪唔穩定、冇毅力呢？」咁樣會影響到請人嘅決定。另一方面，如果做夠三年就對方又會覺得你對行業已有基本了解，可以即刻上手做嘢，所以請你機會會大啲。就係咁，我第一份工即使有諗過想辭職，但最後都勉強咁做足三年。

不過依家回頭睇返，我覺得「無論幾辛苦都要堅持三年」呢句說話其實唔一定要跟。當時堅持咗三年，當然都學識咗一啲職場上嘅基本禮

數，但原來唔係。我朋友都有試過做一日就走，老公以前間公司都有試過有同事做一日就辭職。原來喺香港呢啲情況都唔算太罕見。

我初初會覺得咁快就辭職係冇耐性，但喺香港住耐咗之後，我開始覺得，**早啲作出決定其實係一種好事**。日本人可能會諗「做一

貌，亦都訓練到點樣同唔啱傾嘅前輩或者上司相處。但如果一直帶住「份工唔啱自己」嘅心情去做，最終都只會變成壓力，對自己發展都冇幫助。**人生時間有限。如果真係覺得份工唔啱自己，咁就應該誠實面對自己轉工都冇問題。**

喺日本做嘢嗰陣，其實我都有做過幾份開心嘅工，但內心始終會問自己：「我咁樣繼續生活真係 OK 咩？」明明心入面有啲想挑戰嘅事，但又會諗：「依家呢份工雖然唔係自己夢想中嗰種，但穩定，人際關係都好，如果辭職就好可惜。」又或者「女性轉工難啲」，咁樣想嚟想去，就放棄咗挑戰。特別係嚟香港之前，呢種糾結更加嚴重。其實我好想試下喺香港工作，但當時份工啱啱穩定，人際關係都好、工作內容又唔係唔鍾意。雖然唔係我最想做嗰樣嘢，但又覺得放棄咁安穩嘅環境好唔捨得。呢種糾結，我幾乎日日都喺度諗。直到有一日，我同朋友食飯時講咗我嘅煩惱：

日就辭職，好似對公司唔好意思」，結果硬係頂多幾個月先走，但咁樣反而係浪費時間。公司都花咗幾個月去培訓，最後先辭職，對公司嚟講都係一種損失。早啲離開反而可以令公司快啲搵到適合嘅人。

而且喺香港轉工多唔一定係壞事，反而**好多香港人都係為咗提升自己（skill up）先轉工**。我覺得香港人好叻嘅一點，就係有啲人一邊返工一邊進修。有啲人放工之後會去學語言，有啲會上課學啲對

「我好想去香港，但又好猶豫。依家份工人際關係都唔錯，工作內容都唔差。如果要去香港，可以用 working holiday 簽證，但有年齡限制，要喺 20 幾歲內決定，唔知點算好。」佢聽完之後答得好簡單：「你想去嘛？咁就去啦。你其實已經有答案喎。」聽完之後，我個腦好似突然清醒咗一樣。我先發現原來自己一直都忽略咗內心最真實嘅聲音——我其實係想去。原來答案一直都喺度，只係我自己唔敢認。

有時人會問朋友意見，其實唔係因為唔知點選擇，而係想有人支持自己個決定。當時嘅我大概就係咁。多得佢嘅一句，我終於落咗決心，之後就即刻開始準備香港 working holiday。真係好感激有朋友可以咁樣推我一把。如果你依家都面對住一啲好想挑戰但又唔知應唔應該去做嘅事，不如試下問吓自己：「我內心想點？」。相信你會搵到你嘅答案。■

自己工作有幫助嘅技術，甚至有啲人一邊返工一邊讀緊碩士課程！

我覺得呢種生活方式好值得欣賞。喺日本，平日成日都加班，好難抽時間做自己想做嘅嘢。但如果可以好似香港咁樣，平日都有時間投資自己，我絕對支持。等自己 skill up 之後，再帶住經驗同新技能轉去另一間公司，拎到更高人工——咁樣嘅工作方式，真係好型。■

日語增值班

單詞			
	1	転職（てんしょく）	轉工
	2	給料（きゅうりょう）	人工
	3	退職（たいしょく）	離職

例文			
	1	(同上司講) お話（はな）したいことがあるので、少（すこ）しお時間（じかん）をいただけませんか？	我有嘢想同你講，可唔可以畀啲時間我？
	2	何回（なんかい）転職（てんしょく）したことがありますか？	你轉過幾次工？

第六章

香港人
做人的哲學

香港人有語言天分

識咁多語言！

我覺得香港係一個擁有獨特語言文化嘅地方。香港人平時講嘢嘅時候會用廣東話，但係寫 email 或者整文件嗰陣就會用英文。另外，廣東話入面仲分咗「口語」同「書面語」，平時講嘢係用口語，而正式中文文件就會用書面語。仲有，**香港人細個開始就已經自然接觸唔同語言**。除咗廣東話同英文之外，好多人仲識講普通話，有啲人仲識日文、韓文、西班牙文等等。

我啱啱開始喺香港做嘢嗰陣，有件事令我驚訝。就係啲香港同事平時喺公司傾計時講廣東話，但係一到要寫 email 畀客人，或者寫公司內部嘅 email 就會轉用英文。我問過同事「點解要用英文？」同事就話：「打英文簡單啲，而且好多公司都有外國

由中學學字母

頭先講到幼稚園，其實我喺日本讀幼稚園嗰陣，基本上冇學過科目。英文當然係一啲都冇學過，連平假名都應該冇學過。我嘅年代日本嘅幼稚園主要係「學玩」，唔係學術性嗰種教育。日本嘅幼稚園教育重視嘅係基本生活習慣同埋社交能力，而唔係學術知識。文部科學省（即係教育局）嘅網站都有寫，佢哋希望小朋友到幼兒期尾段，可以透過同朋友一齊經歷唔同體驗，慢慢學識咩係啱咩係唔啱，學識反思自己行為、體諒朋友感受，試下企喺對方立場去諗嘢同做事等。

講到英語教育，日本係幾時開始教英文嘅呢？我細個嗰陣通常係中學先開始有英文堂。不過由 2020 年度開始日本嘅小學已經將英文變成必修課程。我

唔係好清楚依家啲日本小學生喺學校學緊啲咩英文，但**我中學嗰陣就係由字母學起，學大楷細楷字母嘅次序、寫法，跟住再學草書（筆記體）**。記熟咗字母之後就會開始學自我介，同埋簡單句子，例如「Are you from Japan? - Yes, I am.」咁樣。日本人係由中學開始學呢啲英文，而香港人就係由幼稚園開始學——差十年！順帶一提，可能香港人會覺得好神奇，我哋嗰個年代嘅英文考試淨係有筆試。內容包括單字意思、拼寫、文法填充、閱讀理解等等，一堂就考晒。我聽講香港嘅英文考試會分幾個部分，例如口試、聆聽、文法，每個部分仲要分開幾日考。

成日都聽人話日本人英文差，已經變成國際性問題。我嚟咗香港之後發現其實以前啲日本嘅英文教育制度有問題。日本嘅英文課太過著重筆記，冇會話考試。咁學生喺邊度練習講英文呢？最多就係喺上堂同同學做吓角色扮演。因為考試主要都係考單字拼寫人，用英文溝通方便啲。」我聽完之後覺得講得好有道理。

仲記得我啱啱識老公嗰陣，我廣東話唔係好叻，而佢日文唔係好叻，咁我哋有時就會夾啲英文溝通。不過因為其實我英文都唔叻，所以溝通上有時真係幾辛苦。有一日我問佢：「點解香港人嘅英文咁好嘅？」佢話：「因為中學、大學啲科目教科書都會用英文教，如果唔識基本英文，根本上唔跟到。」聽完我真係好震撼。我又再問：「咁你幾時開始學英文㗎？」佢話：「幼稚園開始囉。」我聽到之後覺得好驚訝。原來喺香港，細細個就開始學英文同普通話。而我自己細個喺日本讀幼稚園，基本上都冇乜印象有咩正式學習，真係幾唔同。

以前因為工作關係，我曾經去過一間香港嘅幼稚園探訪，嗰陣時佢哋啱啱上緊英文堂，所以我望一望。老師用英文問問題，啲

學廣東話嘅參考書。上邊係喺香港買，下邊係喺日本買的。香港比起日本有好多廣東話參考書。

同文法，學生自然會將重點放喺「識單字」同「識文法」，唔會特別花時間去練講嘢。咁樣讀足中學加高中六年英文，雖然啲字拼得好叻，但同外國人溝通唔到，好可惜。我覺得如果日本學校設計課程開始就以「識講英文」為目標，可能情況會好好多。■

幼稚園學生就用英文好有朝氣咁答佢。我睇住嗰一幕就諗，「如果我細個都可以有咁嘅環境接觸英文，依家可能已經講得好流利啦……」真係幾羨慕。

講返我自己，其實我喺香港有教過日文，而我覺得香港人學外國語言嘅速度真係幾快。可能因為細個開始已經學開英文同普通話，所以學新語言時已經掌握到一啲學習竅門。例如，我呢個星期教某一個文法，下一個星期已經唔使特登重溫，好多學生已經記得晒。真係好犀利。我記得以前喺日本上廣東話堂，一個文法我都要學幾個月先識用。但係香港學生學新語言真係好叻，好快就記得晒句式，仲會主動講出嚟練習。而且我仲識到唔少香港人話：「我細個鍾意睇日本動畫，睇睇下就識日文喇。」我覺得香港人真係語言方面嘅天才！■

日語增值班

單詞			
	1	広東語（かんとんご）	廣東話
	2	日本語（にほんご）	日文
	3	勉強（べんきょう）します	學
	4	何ヶ国語（なんかこくご）	幾多個語言
	5	話（はな）します	講

例文			
	1	Ken さんは何ヶ国語（なんかこくご）話（はな）すことができますか？	Ken 識講幾多種語言呀？
	2	香港人（ほんこんじん）は幼稚園（ようちえん）から英語（えいご）を勉強（べんきょう）します。	香港人由幼稚園開始學英文。
	3	私（わたし）は日本語（にほんご）を勉強（べんきょう）したことがあります。	我有學過日文。

香港人好直接

香港篇

Yes 就 Yes，No 就 No

我覺得講唔同語言，性格都會有啲唔同。我講日文嗰陣，聲線會高啲，性格都會變得謙虛啲；但係講廣東話嘅時候，聲音會低啲，而且會講嘢直接啲，表達意見都清晰啲。可能因為咁，我喺香港同日本嘅人際相處方式都有啲唔同。

香港人好鍾意講得清清楚楚，Yes 就 Yes，No 就 No。好似有一次我問朋友：「你覺得上次我送畀你嗰份手信點呀？」佢就話：「包裝幾得意，不過味道就一般啦。」咁樣講得咁直接，反而令我安心，因為下次唔使再買一樣嘢嚟送人，唔怕對方會失望。煮飯都一樣。有次我請咗朋友上嚟屋企食飯，我問佢覺得點，佢直接答：「唔夠鹹喎。」（笑）。

日本唔可以咁直接

咁喺日本如果想婉轉咁講 No，應該點講呢？**同香港唔同，日本太直接反而會影響人際關係。**例如朋友約你食飯，如果你淨係答「嗰日唔得」，有時會畀人覺得你冇咩誠意，甚至覺得你冷淡。咁樣講唔夠日本 Style。

比較適合嘅講法係：「多謝你邀請我呀，不過嗰日我有啲事要做，去唔到。不過下次一定想再同你約！」呢啲講法就可以表達你感激對方，又表達出你期待下次機會，整體語氣都溫柔啲。喺日本咁樣表達比較容易維持好嘅人際關係。

咁，如果對方煮嘅嘢唔係咁好食，應該點講呢？如果唔係好似香港咁直接咁講，而係用比較婉轉嘅方

式去表達，咁樣會比較重要。

例如可以咁講：「多謝你煮嘢畀我食～色彩搭配得好靚，都好吸引。不過我覺得鹹味好似有啲淡。如果加多少少鹽，或者落啲牛油，可能味道會更突出。」呢種講法會先表達感謝，再搵啲優點去讚對方，之後先輕輕提出可以改善嘅地方。

呢個就係典型嘅日本式表達方式。**通過先讚對方嘅好處，唔單止可以傳遞到意見仲可以保留對方嘅動力，唔會打擊佢嘅心情。**

如果喺日本，可能對方會客氣咁講「好味呀」，即使心入面覺得麻麻哋。但香港人就講得好坦白：唔好味就唔好味，髮型唔襯就會話唔襯。咁樣相處唔使太擔心要遷就對方，輕鬆啲，大家都可以講真心話。相反日本人鍾意兜圈講嘢，有時反而會令對方誤會。

不過日本人未習慣香港人咁直接嘅溝通方式時，有時會覺得唔開心。記得啱啱結婚嗰陣我去老公屋企帶咗晴王提子去做手信。佢媽媽一見到就話：「我其實鍾意紅提多啲。」我嗰下真係有啲唔開心。

喺日本收到人哋送嘅嘢，即使唔啱心水都會先講聲多謝，唔會話唔鍾意。之後我同幾個都有香港老公嘅日本朋友們分享呢個故事，原來大家都試過類似經歷。聽完佢哋講我先知道香港人其實唔係特登想傷害人，只係習慣直接講自己嘅感受，冇惡意。咁我就安心咗。■

日語增值班

單詞			
	1	ストレート	講嘢好直接
	2	曖昧（あいまい）	講嘢講得兜圈
	3	用事（ようじ）があります	有嘢要做
	4	誘（さそ）います	邀請

例文		
	（好溫柔拒絕對方嘅邀請） せっかく誘（さそ）ってくれたのにごめんなさい。その日（ひ）は他（ほか）に用事（ようじ）があって行（い）けないんです。また今度（こんど）ぜひ誘（さそ）ってください。	多謝你邀請我呀，不過唔好意思嗰日我有啲事要做，去唔到。下次再邀請我。

香港人唔問年齡

問年齡好失禮？

人際相處上，香港同日本仲有一個明顯嘅分別，就係對年齡嘅睇法。喺香港好少人會主動問你幾多歲，可能因為根本唔需要知道。再加上，問人年齡喺香港好容易畀人覺得有啲唔禮貌，特別係對女性或者唔係太熟嘅人，會被視為一個比較敏感嘅話題，所以通常都唔會問。可能香港大家比較著重你係點樣嘅人、你有咩能力，而唔係睇你年齡。我嚟到香港之後比起喺日本嗰陣識咗唔同年齡層嘅朋友。因為咁，我可以接觸唔同嘅價值觀，視野都開闊咗。而且喺香港工作場合入面大家講嘢都唔會因為年齡而有所保留，氣氛好開放。冇人會因為你後生，就覺得你冇

點解日本人鍾意問年齡？

日本人第一次見面，或者識咗一段時間之後，通常都會問對方幾多歲。可能你會覺得咁樣好失禮，但其實背後係有原因嘅。喺日本年齡上下關係好重要，而且**日文入面有敬語，對住第一次見面或者年紀大過自己嘅人就一定要用敬語**。所以要知道對方幾多歲先可以決定點樣講嘢。如果我以為對方同我差唔多年紀就用普通嘅日文講，點知原來對方大過我，就可能會變咗失禮。所以為咗避免咁嘅情況就會問年齡。

當然如果好明顯知道對方比自己年輕或者年紀大就未必會問。但如果對方睇落好似同自己差唔多年紀就會開口試探吓，例如：「我哋應該差唔多年紀啩……？」咁對方可能會講自己幾

你哋
幾多歲呀？

經驗、唔值得聽你講；亦都冇人會因為對方年紀大，就要無條件聽從佢。**大家溝通上好平等**。呢種注重個人特質嘅文化，我覺得好吸引。

同香港嘅小朋友相處嘅時候，我發現咗一個幾有趣嘅文化差異。就係當我問小朋友「你幾多歲呀？」嘅時候，好多小朋友都會答「四歲半」、「五歲半」咁樣，連「半歲」都講埋！呢個習慣喺日本幾乎冇見過，所以我第一次聽到嘅時候真係覺得好驚喜。之前我喺 Instagram 度講過呢件事，有人留言話：「小朋友可能想快啲變大人，所以就算淨係多咗半歲，都會覺得自己大咗覺得好開心，所以先會咁講。」我覺得呢個講法幾有意思，幾得意！聽講通常升咗小學之後小朋友就唔再講「半歲」。唔知大家屋企嘅小朋友係咪都係咁呢？■

多年出世，咁就可以估到年齡。因為日本社會好重視年齡，唔同年紀就有唔同講法，變相令人際關係有少少距離。所以好自然日本人比較容易同自己年齡相若嘅人成為朋友。

咁幾多歲開始會有明確嘅年齡上下關係呢？我覺得係由中學開始。因為日本中學同高中都有部活（課外活動），喺部活入面開始接觸到**「前輩後輩」嘅文化，日本人就會慢慢學識呢種上下關係。**

呢種關係去到大學甚至出到嚟社會都繼續存在。可能對外國人嚟講呢啲規矩好嚴格好麻煩，**但其實如果上下關係處理得好，人際關係反而會更順利，整個團體例如部活或者公司氣氛都會更好。**例如前輩會照顧後輩，教佢哋、帶領佢哋，而後輩就會對前輩有感激同尊敬之情，努力想報答。對前輩嚟講，教人都會令自己

日語增值班

單詞			
	1	年齢（ねんれい）	年齡
	2	聞（き）きます	問
	3	何歳（なんさい）ですか？	幾多歲？
	4	同（おな）い年（どし）	同一個年齡

例文			
	1	もしかして、同（おな）い年（どし）くらいですかね？	好似我哋差唔多年齡？
	2	年齢（ねんれい）はただのラッキーナンバーです。	年齡係純粹一個 lucky number。

有責任感同自我成長。大家互相影響：「佢都咁努力，我都要加油！」成個團隊嘅表現就會提升。

但係都會有壞處。**有時太在意年齡，反而會令自己唔敢對年長嘅人講真心話。**例如喺公司，自己升咗職之後，下屬可能年紀大過自己。雖然職位上我係上司但年齡上對方係前輩⋯⋯。咁樣嘅狀況，對日本人嚟講好大壓力！會諗：「佢成日出錯，我想佢改善，但點講先唔會令佢唔開心？」、「萬一佢唔聽我指示點算？」甚至個下屬都可能覺得：「點解我要畀個後生仔指揮？」、「我喺公司做咗咁耐，我嘅方法應該啱啲。」咁樣就會出現固執嘅諗法。雖然尊重年齡同立場係日本一個好特別又正面嘅文化，但有時都唔好畀呢啲框框綁住，應該開放啲去講真心話、交換意見。唔好太執著自己嘅年齡或者地位，尊重對方，咁樣先可以建立真正良好嘅人際關係。■

阿媽煲靚湯

香港篇

煲湯習慣

我嚟香港之前完全唔知道香港有煲湯嘅習慣。喺香港好多家庭嘅媽媽都會煲湯。無論係去老公屋企食飯，定係去朋友屋企做客，都一定會有湯飲。學咗點樣煲湯之後我先發現，原來由準備材料到真正煲成一煲湯，需要幾個鐘頭！**香港媽媽真係好勁，花咁多時間整湯。而且唔落糖，淨係靠肉、菜同藥材嘅味，已經可以煲出咁好飲嘅湯。**

湯入面啲材料好多都係我第一次見，例如花膠、人參、茯苓、茨實等等。最令我印象深刻嘅係花膠。有次我想學煲湯，就請老公媽媽陪我去街市買材料，嗰陣我先知原來花膠係一種好高級嘅食材，而且仲分等級，平嘅四百幾蚊

日本人飲麵豉湯

日本係無煲湯呢種文化。有一次老公媽媽問我：「日本人平時煲咩湯㗎？」我話：「其實日本人冇乜會煲呢類湯嘅習慣。」佢聽完之後好驚訝。原來煲湯係中國南部、香港及台灣地區等等地方比較普遍嘅食文化。

雖然無煲湯文化，不過日本人就有飲麵豉湯嘅習慣。麵豉湯對日本人嚟講，係一種「媽媽嘅味道」。每個家庭整麵豉湯嘅方式都唔一樣，例如入咩餸料、用咩濃度嘅味噌、點樣煮等等。我以前住喺老家嘅時候，媽媽每日晚飯都會整麵豉湯。就算做工做到好攰，佢都唔會用即食嘅麵豉湯，每日都堅持親手煮。依家都有時好掛住媽媽整嘅麵豉湯。

一包，貴嘅可以上到幾千蚊一包。原來之前飲湯一直有用到咁貴重嘅材料，我都唔知。

講返我第一次自己煲湯嘅經歷。我最鍾意嘅湯係用雞腳、紅棗、淮山、花膠、紅蘿蔔、茨實、龍眼同豬肉（面珠肉）煲成嘅。最初我係跟住老公媽媽學，佢煲湯嘅時候我喺隔籬拍片、做筆記，慢慢記低點煲。

最擔心嘅其實係點樣處理隻雞。香港街市同超市都有賣成隻雞，但係喺日本雞肉係已經分咗部位嚟賣，我從來冇見過一隻完整嘅雞，所以一開始真係有啲驚。我同老公媽媽講咗之後，佢建議我：「不如你一開始淨係用雞腳煲湯啦，雞腳都已經好夠味㗎啦。」於是我就由雞腳開始煲，慢慢適應。之後煲咗幾次，我終於決定挑戰煲成隻雞。

喺街市揀雞、畀錢嗰陣時，我仲好有鬥志。但一返到屋企見到隻雞就即刻冇曬氣。「唔得，我做唔到……」我開始覺得好唔忍心。不過最後我用咗半個鐘，總算成功處理好隻雞。以前連雞腳都唔敢食，依家可以自己處理成隻雞，真係一大進步。

處理雞嘅過程中，我好深刻感受到「いただきます」呢句說話嘅意義。喺日本食飯之前，我哋會講「いただきます」，意思係「我領受咗」或者「我會食」，係一種對食物表達感謝嘅敬語。

喺日本肉類大多數都已經分拆包裝好，所以我從來都冇諗過背後代表住一條生命。但今次自己親手處理隻雞，我真係感受到，人係靠動物嘅生命生存，所以更加要珍惜，感謝每一餐飯。■

咁麵豉湯同香港煲湯有咩唔同呢？一個好明顯嘅分別就係麵豉湯比較快。做法有好多種，但係簡單啲嘅話 15 分鐘就可以搞掂。如果由零開始整湯底，例如用昆布或者鰹魚去熬湯，就會花多少少時間，不過都仲係比煲湯簡單啲。而且日本人飲麵豉湯唔係餐前，而係一邊飲一邊食飯。香港人好多時會喺食飯之前先飲湯，之後再用湯碗裝白飯食，食完飯可能仲會再飲啲湯。但係日本就唔同。白飯碗同麵豉湯碗係分開嘅，係一邊食飯一邊飲湯咁樣。

其實麵豉湯都有地區特色，好似拉麵咁，每個地方用嘅味噌都有唔同。首先如果用顏色分類，主要有「赤味噌」同「白味噌」。兩種都係用大豆做原料，但係製法唔同。赤味噌係用蒸熟咗嘅大豆去發酵，味道濃郁啲，鹹味都重啲；白味噌就係用煲熟嘅大豆去整，味道偏甜，鹽分低啲。一般嚟講，北海道、東北、關東一帶嘅人鍾意用赤味噌，而大阪、京都、四國等西日本地區就多數

日語增值班

單詞			
	1	味噌汁	麵豉湯
	2	料理を作ります	煮飯
	3	いただきます	食飯之前嘅打招呼
	4	ごちそうさまでした	食完飯之後嘅打招呼
	5	挨拶	打招呼

例文		
	日本では食事の前に「いただきます」と挨拶してから食べます。食事が終わったら「ごちそうさまでした」と言います。	係日本食飯之前講「いただきます」、食完飯之後講「ごちそうさまでした」。

用白味噌。

除咗顏色，味噌仲可以按所用嘅「麴」去分類。用米　整嘅叫「米味噌」，用麥　整嘅叫「麥味噌」，用豆　整嘅就係「豆味噌」。日本市場八成以上都係「米味噌」，麥味噌只佔大約 5%，主要喺九州、四國、中國地方生產；豆味噌都係大約 5%，主要喺東海地區出產。講開又講，我老家雖然喺北海道但我屋企一直都係白味噌（笑）。大家下次去日本旅行食麵豉湯嘅時候，不妨留意下自己飲緊係白味噌定赤味噌，材料係米、麥定豆…諗吓都幾有趣呀！■

香港人好鍾意星座

香港人係星座專家？！

喺日本嗰陣，好少人會問我咩星座；但我嚟到香港之後，呢個問題就成日有人問：「你咩星座呀？」

好多香港人都好清楚每個星座嘅性格特點，社交媒體上成日都會見到啲關於星座嘅帖文或者討論。我啲香港朋友亦都經常分享有關星座嘅資訊。而且香港人只要你講自己嘅生日，就會秒速反應：「哦，你係〇〇座呀！」每次我都覺得好犀利。講返我自己，我係金牛座。可能有啲讀者一見到「金牛座」呢三個字，就即刻會諗：「呢個人同我性格好夾」、「金牛座嘅性格應該係……」之類。

東瀛篇

日本人有興趣血型

大部分日本人都知道自己嘅血型。因為喺日本細個嗰陣通常會檢查血型，連學校入學嘅表格都會有一欄要填血型，可見血型係一個好基本嘅資料。

喺日本血型同性格之間嘅關係緊密。例如：A 型嘅人係好整齊；B 型就比較開朗、行自己 style；O 型就有啲大頭蝦；AB 型就畀人感覺好似雙重性格。聽講日本最多人係 A 型。除咗呢啲常見印象，日本仲有啲書專門介紹唔同血型嘅性格特徵，更加詳細。例如：A 型寫筆記寫得好靚，就算唔舒服都會扮冇事，如果情緒低落咗，要好耐先 recover；B 型嘅人就唔鍾意同人一樣（即係朋友揀咗 A 自己就特登揀其實喺日本，星座唔算係熱門話題。雖然每朝新聞報道之後，有啲節目會講當日嘅星座運程，或者每年年頭喺電視節目，雜誌會介紹星座嘅全年運勢，但係日常生活入面好少人會真係傾星座呢啲嘢。我陣間會再講，其實喺日本大家通常係用「血型」嚟分析性格。所以雖然我係金牛座，但我自己都唔係好清楚金牛座有咩特色。同埋聽到人哋講生日，我都唔會好似香港人咁快就估到佢係咩星座。■

日文星座表

日語增值班

單詞			
	1	星座（せいざ）	星座
	2	血液型（けつえきがた）	血型
	3	性格（せいかく）	性格

例文

花子：　Carol さんの星座（せいざ）は何（なん）ですか？
Carol：私（わたし）は乙女座（おとめざ）です。花子（はなこ）さんは？
花子：　私（わたし）は魚座（うおざ）です。

花子：　Carol 咩星座？
Carol：我係處女座。花子呢？
花子：　我係雙魚座。

B）、成日帶好多嘢出街、唔係好聽人講嘢；O 型就好勝、容易畀蚊咬、煮飯落調味料好求其、公司張枱好整齊但屋企就好亂；AB 型嘅人就成日提早到達、好鍾意「準備」旅行、講嘢經常跳 topic、面對鍾意嘅人又唔敢開口講鍾意等等。雖然血型同性格之間醫學上冇乜根據，不過好多人都覺得「真係幾啱喎！」

我啱啱嚟香港嗰陣，以為香港人都同日本人一樣，一定知道自己嘅血型。成日會問同事：「你係咪 B 型呀？」。**點知每次問對方都答唔知，真係嚇咗我一跳！**我老公都係咁，直到結婚之後去家計會做血液檢查先知道自己係咩血型。講開又講，我住咗香港十年之中，真係得一個朋友係知道自己血型係咩型。大家係咩血型呢？■

第七章

戀愛方式觀察日記

戀愛方式

邊度都攬攬錫錫

我觀察到香港人拍拖通常都拍得幾耐，一開始一齊就唔會咁易分手，好多情侶可以拍幾年都仲一齊。仲有香港人比起日本人更加唔介意喺人前表達愛意。例如就算喺屋企人或者同事面前，都會自然咁拖住手。**喺香港拖手好似一樣好自然嘅事——兩個人一齊就會拖手，唔會特別覺得尷尬。**我有時見到夫妻拖住手一齊返工，或者情侶喺對方屋企人面前都會拖手。老夫老妻一齊拖手買餸嗰啲畫面，我覺得都幾浪漫。

仲有一樣幾得意，就係喺餐廳，如果坐四人枱，好多情侶唔係坐對面，而係會揀坐埋一齊側邊。可能係因為香港啲餐廳地方細有時要搭

AA制嘅男朋友

日本人開始拍拖嗰陣，通常都會正式講一句「我鍾意你，可唔可以同我拍拖？」，先用說話清楚咁表達自己嘅心意。但係一旦開始拍拖之後，好多情侶就唔太會再講「我鍾意你」，連拖手都慢慢變少咗。

平時兩個人拍拖去約會拖手其實唔係問題，不過如果屋企人、公司同事或者朋友喺身邊就會覺得有啲尷尬。喺日本，大家會盡量避免喺公共場合有太多 skinship，因為好在意人哋點睇，所以拖手呢啲親密行為有時會覺得難行動。

至於拍拖食飯嘅錢，香港通常都係男仔畀晒錢

枱，又或者坐埋一齊講嘢比較方便。其實唔止情侶連朋友都會咁坐。但呢種坐法喺日本就唔多見。如果喺日本咁樣坐日本人可能會覺得你係想 show 畀人睇幾恩愛（笑）。

仲有，**香港情侶喺電梯、MTR 呢啲公共場合攬攬錫錫，其實都幾普遍。**呢啲場景喺日本就比較罕見。有時成架車都滿晒人，但有啲情侶都會照樣攬住唔放，我有時真係唔知對眼應該望邊度（笑）。

我曾經同日本朋友傾過呢件事，佢就話香港情侶好多都冇同居，所以拍拖時間相對短，想把握機會親密啲，可能就會唔理周圍人，喺街度表現多啲愛意。不過我老公就唔認同，佢話「可能純粹係香港人比較直接啫！」，表達愛意唔會收埋。講真，咁樣講都幾有道理。

或者男仔出多啲？**喺日本為咗大家都唔好咁有壓力，有啲情侶都會選擇 AA 制。**不過當然都會有男仔畀晒錢或者畀多啲嘅情況。其實每個情侶都唔同。

我以前喺日本拍過拖，有個前男朋友係「一蚊一仙都要計清楚咁 AA 制嘅男朋友」。例如有一晚晚餐總共 3,905 円，佢就會話：「不如我哋一人出 2,000 円啦，然後 95 円嘅找數我哋一人分一半。」但係 95 円除以 2 係 47.5 円，分唔到咁啱，佢就會話：「咁我哋猜包剪揼啦，贏嗰個拎 48 円，輸嗰個拎 47 円。」

然後假設我贏咗，拎咗 48 円。但係 95 円通常係一個 50 円硬幣、四個 10 円同一個 5 円，唔係咁易分。如果有人身上有啲散銀就好，唔係嘅話佢就會話：「咁不如我暫時畀你 50 円，你聽日記得還我 2 円啦～」心情好啲嘅時候仲會講：「唔緊要啦，今次我特香港人嘅確係鍾意直接表達感情，唔止係正面，連負面情緒都一樣。有時見到情侶喺街頭或者車站大聲嘈交，明明周邊有人都照樣情緒爆發，真係會嚇一跳。

不過我就算有咩唔開心都會忍住唔喺出面同人嘈，通常都係返到屋企先開始理論（笑）。但係嘈交時我會講日文，佢就講廣東話，兩個人講到情緒高漲，其實大家都聽唔明對方講緊乜……呢啲就係國際情侶嘅難處啦。■

別送你 50 円呀！」（我心諗：『……特別？？？』）

呢種性格，你可以話係好識理財，又或者可以話係好煩，睇你點睇，不過我自己就覺得太煩，所以冇拍耐就分咗手。明明一齊開心咁食飯，但係每次埋單都要咁計法，真係頂唔順。煩到有時我情願自己畀晒錢，或者簡單一人出一半、剩返啲找數畀晒佢都算，不過咁樣又覺得怪怪哋（笑）。

順帶一提，嗰個人仲要係大過我㗎。講真，呢種「一蚊一仙都要計清楚嘅男朋友」，我唔止遇過一次！最搞笑係佢哋全部都係同一個生肖。所以之後我見到嗰個生肖嘅男仔就會特別注意（笑）。

仲有一樣嘢我想分享，日本獨有嘅習慣：**「第二粒鈕」**。

喺日本，中學或者高中畢業典禮嗰日，女同學問自己鍾意嘅男同

日語增值班

單詞	1	彼氏（かれし）／彼女（かのじょ）	男朋友 / 女朋友
	2	恋人（こいびと）	情人
	3	手（て）を繋（つな）ぎます	拖手
	4	付（つ）き合（あ）います	拍拖
	5	割（わ）り勘（かん）	AA 制

例文	1	(日本人式表白) 好（す）きです。付（つ）き合（あ）ってください。	我鍾意你。可以同我拍拖嗎？
	2	今日（きょう）は割（わ）り勘（かん）にしましょう。	不如今日 AA 制啦。

學：「可唔可以畀你嘅第二粒鈕我？」。點解係第二粒鈕呢？有一個傳說就係以前男人要去戰地，臨出發前就將軍服上面最接近心臟嘅第二粒鈕，當作紀念送畀心愛嘅人。又有人話**因為第二粒鈕最近心臟，象徵「送出自己個心」，所以慢慢就變成一種告白嘅方式。**

我中學嗰陣，上一屆有個男仔超級受歡迎，好多女仔都走去同佢講：「第二粒鈕畀我啦～」結果佢唔單止第二粒鈕送咗出去，連第一、第三、第四粒都畀埋，最後連件 blazer 都送咗出去（笑）。唔知佢依家點樣呢？■

香港男士好溫柔？

lady first 文化

香港比日本更明顯地有「lady first」文化。相信受到英國殖民時代嘅影響。例如，喺日本，男女一齊出街食飯時，通常係女性負責分菜或準備自助水，但喺香港，經常會睇到相反嘅情況。男性會攞去自助水、攞餐具，幫女士分菜。我第一次睇到咁樣嘅情景時，覺得非常奇怪。對於香港男性來講，呢啲可能係好普遍嘅事，但對於日本女性來講，咁樣嘅男性會被歸類為「非常體貼、溫柔嘅人」。喺日本，lady first 文化並不普及，所以我喺香港體驗到嘅這種待遇對我來講非常新鮮。

我嘅老公係香港人，我哋剛剛開始拍拖時，

亭主關白

日本嘅男人成日畀人話「大男人」。「大男人」用日文形容就會叫「亭主關白」。「亭主」就係丈夫，「關白」就係以前日本有嘅一個職位，係成年嘅天皇嘅助手，佢有好大嘅權力，實際上係有能力控制政治。簡單啲嚟講就係「好有權，態度好巴閉嘅人」。因為亭主嘅態度好似關白咁，所以叫做「亭主關白」。雖然喺日本比以前少咗亭主關白型嘅男人，但係其實都仲有存在。

上邊我寫過「喺香港餐廳見到男人幫女人分菜、準備自助水，令我覺得好驚訝」，但日本就唔同，通常係女性會負責做呢啲嘢。因為日本有一個風氣，就係女性應該負責家務，咁樣

去到餐廳通常女性都會照顧男性。而如果喺日本餐廳，女性冇主動幫男性分菜或者準備水，就會畀人覺得「呢個女性唔夠細心」，會減低女性嘅評價。

雖然「亭主關白」通常人哋嘅印象唔係幾好，但我曾經同日本朋友討論過，點解日本有咁多亭主關白型嘅男人，我哋嘅結論係，佢哋其實追求「男士氣」先變成咁嘅。例如，日本男性唔幫女性攞手袋，或者唔會先開門比女性，可能就係因為「咁樣會顯得更加有男子氣勢」。以前日本係「男性嘅責任係工作，女性嘅責任係家庭」，所以為咗守護自己嘅家庭，男人一定要表現得好強大，要有存在感，所以佢哋自然就會擺出威風嘅態度。

話說，日本有首歌叫《關白宣言》（1981 年：さだまさし）。開頭嘅歌詞就係「俺より先に寝てはいけない。俺より後に起きて

我都經歷咗唔少讓我驚訝嘅「溫柔」。當時，我哋嘅約會多數係放工之後一齊食飯。但係老公每次拍拖時特登過嚟公司大廈下面接我。呢啲行為已經讓我感動不已，更讓我驚訝嘅係，食完飯之後，佢仲送我返屋企。我住喺日本嗰陣時所有男朋友都唔會送我返屋企，只有試過送我屋企附近嘅火車站。於是讓我非常驚訝。當時我住喺九龍，而老公屋企喺香港島，兩地有一段距離，但佢幾乎每次拍拖後都會送我返屋企。據佢講，**喺香港，送女朋友返屋企係好正常嘅事情。**香港嘅男性真係好犀利。

另外，我還經歷過一啲喺日本從未遇過嘅「公主待遇」，例如：「上升的扶手電梯企喺女性後面，下行的扶手電梯企喺女性前面」、「門口有門時，男性會先打開門讓女性先走」、「一齊行路時，男性會行喺車道一邊」、「幫女性拎手袋」等。

もいけない。めしは上手く作れ。いつもきれいでいろ（唔可以比我先瞓覺，唔可以比我遲起身，飯一定要煮得好，要永遠扮靚）」，聽到呢啲歌詞可能會覺得好自私，覺得佢好麻煩嘅人。但其實之後就會聽到「出来る範囲で構わないから（只要係做到嘅範圍就得啦）」嘅歌詞，之後仲有「黙って俺についてこい（唔使講，跟住我走就得）」，「幸福は二人で育てるものでどちらかが苦労して繕うものではない（幸福係一齊培育，唔係一方辛苦，唔係一方修補）」等嘅歌詞。呢首歌裏面嘅男性表面睇落去好似係一種威風嘅態度，但其實內裏係有種溫柔嘅心態。我覺得呢首歌表達咗日本男人嘅形象，但我諗呢啲歌詞入面嘅男性，雖然表面上係大男人，但**其實佢哋唔係真係好講出口，實際上都係好珍惜自己嘅妻子……**可能以前有好多呢啲男人。■

我最驚訝嘅係當我講「我要去做健康檢查」時，他竟然同我講：「OK，冇問題呀，我請假陪你一齊去吖。」喺日本，通常公司每年會安排一次健康檢查，但香港似乎冇呢種文化，於是當時我自己預約咗診所去做健康檢查。「為咗女朋友嘅健康檢查男朋友請假」呢啲情況喺日本冇可能發生。所以我嗰陣時好驚訝，並且同佢講：「為了我嘅健康檢查請假太浪費啦，普通健康檢查咋嘛，我一個人去 OK 㗎。」最後，我成功自己去健康檢查。但他最後還是講：「其實請假陪你去完全冇問題喎。」

話説我曾經問過老公，「呢啲『溫柔』你哋點樣學返嚟㗎？」，不過佢都不知道。他講唔係故意噉樣做，自己不知不覺變成噉樣。習慣真的是很神奇的事情。■

單詞			
	1	香港人男性（ほんこんじんだんせい）	香港男士
	2	香港人女性（ほんこんじんじょせい）	香港女士
	3	レディーファースト	Lady first
	4	イギリス	英國
	5	お姫様待遇（ひめさまたいぐう）	公主待遇
	6	亭主関白（ていしゅかんぱく）	大男人

例文

香港人男性（ほんこんじんだんせい）と日本人男性（にほんじんだんせい）、どちらが優（やさ）しいと思（おも）いますか？
どちらも優（やさ）しいと思（おも）います。

你覺得香港男士同日本男士邊個温柔啲？
我覺得兩個都好温柔。

結婚前未必同居？

好多人未同居就結婚

我想問下各位讀者，如果你哋結過婚，大家係結婚之前有冇同老公或者老婆同居過然後先決定結婚？定係未同居就直接結婚呢？我同我老公係未同居就結婚嘅。其實喺日本，好多情侶都會喺結婚之前先同居。不過我發現香港有唔少人都係未同居就直接結婚。

我覺得呢個可能同香港地方細、租金貴有關，好多人婚前都仲住喺屋企，所以唔會搬出嚟同另一半住，直接就結婚。另外，香港有啲人細個開始已經有同菲傭一齊住，又或者同父母、父母兄弟姊妹一齊住，所以**對於「同人一齊住」呢件事冇乜抗拒感，可能覺得唔使特登設個「試用期」咁樣都得。**

試吓一齊住了解對方

喺日本結婚之前通常情侶試吓一齊住。主要目的係想試下同對方一齊生活，睇下將來可唔可以真係一齊過日子。有啲情況就係，**兩個人本身都一個人住，拍拖之後，好自然就會講：「不如一齊住啦？」**

日本人第一次開始自己住，最多就係入大學嗰陣。因為好多大學生讀書嗰間大學離屋企好遠，就要自己住。我自己就係北海道出世，不過讀大學就去咗兵庫縣。中間有超過1,000公里，唔可能每日搭飛機返學啦，所以都係自然要搬出去住。

除咗入大學之外，有啲人成年之後都會開始

我仲覺得香港結咗婚之後住喺男家嘅情況，比起日本多啲。據講依家日本大概得一成夫婦會同男方父母同住，不過好多時都會出現婆媳問題。我喺網上見過唔少人投訴，好多都係話奶奶干預家務呀、湊仔湊得太多呀咁。

自己住。即使大學或者公司離屋企唔遠，有啲人覺得成年咗仲住喺屋企會畀人話唔夠獨立，所以「成年就搬出去住」都好似變成一種自然嘅路線。不過近年日本經濟唔好，大家對呢件事睇法開始唔同，有啲人會覺得就算成年咗都繼續住屋企同父母一齊住都無問題

話說，**日本冇請菲傭嘅文化，而且主流都係核家族**（即係得夫妻或者夫妻加未婚小朋友），所以好多人都冇試過同屋企人以外嘅人一齊住。變相好多日本人唔太慣同人一齊住，甚至會有啲抗拒。我都係其中一個。尤其我冇兄弟姊妹，大學之後又一直一個人住，所以習慣咗自己一個生活。

好似頭先講咁，日本人入大學就開始自己住，咁自然就會建立自己嘅生活規矩，例如「唔好將嘢直接擺喺地下」、「用完啲餐

我唔知香港係點，不過喺日本，上下關係都幾嚴格，一般嚟講奶奶地位比較高，所以做媳婦壓力都好大。至於我本人，冇同奶奶老爺一齊住過，佢哋亦從來冇強迫我做啲咩，仲好體諒我係外國人，好尊重我，真係好感激。不過我估如果真係一齊住，文化同價值觀唔同，應該都會出現好多問題。

最令我驚訝嘅係，我識幾個人，未結婚就已經搬去老公屋企，同佢屋企人一齊住。而且唔係得一個，係有一定數量咁多。

我自己嚟香港之後，到結婚之前一直都係一個人住劏房。喺嚟香港之前，做學生開始都係自己住。其實我哋都考慮過婚前同居，但最後傾傾吓覺得，**「其實有冇同居都唔會改變想結婚嘅心」**咁就決定唔同居，結咗婚之後先開始一齊住。不過，開始一齊住之後，因為大家都喺唔同文化、語言背景下大，初頭爭吵其實唔少

具當日要洗好」、「早餐要喺八點前食完」等等。但係如果太習慣自己嘅規矩，一旦要同人一齊住，對方打亂咗啲規則，可能會覺得壓力大。有啲情侶本來打算結婚，但係一齊住咗之後發現生活習慣唔夾，最後分手都有。

咁我同老公點呢？我哋係冇試過同居就直接結婚。其實我自己有好多「My rule」！所以當初都非常擔心自己可唔可以 handle 到婚後生活。好彩老公係一個好「冇所謂」嘅人，大部分情況都肯就我。但當然都有唔夾嘅地方。

例如，我係一個「絕對唔可以將嘢放喺地下」嘅人。因為一開始放咗第一樣嘢落地，之後就會愈嚟愈亂。而且我仲有一個堅持，就係「用完啲嘢一定要還返原位」，因為唔還就會亂晒。但係老公完全唔係咁。佢成日亂咁擺嘢，又唔記得放返原位，搞

（笑）。例如：喺香港，有啲人會將食剩嘅嘢（特別係有湯汁嗰啲）倒入廁所，但喺日本呢個係超級唔可接受。第一，因為油脂會塞渠；第二，喺日本，將食物倒入廁所係一種冇人性嘅行為。

另外，香港好多屋都冇正式嘅玄關，換鞋嘅地方同生活空間分界唔清晰；但喺日本玄關同房係分得好清楚，絕對唔可以着鞋行入去。

但係有一日，我老公出門後發現唔記得帶咗啲嘢，返屋企攞，好似好急咁，竟然着住鞋衝入屋企。我當場嚇親兼發狂：「你做咩鬼嘢呀？！點解着住鞋入嚟？！唔得㗎！（大尖叫）」佢就話：「對唔住！」，但我依家諗返，其實唔應該發咁大脾氣，畢竟香港屋企唔似日本咁講究玄關。我都有啲反省自己。■

喺神社舉行婚禮時收到嘅夫婦御守

日語增值班

單詞			
	1	同棲（どうせい）します	（情侶）一齊住
	2	結婚（けっこん）します	結婚
	3	一人暮（ひとりぐ）らし	一個人住
	4	独身（どくしん）	單身（未結婚嘅人。有女朋友 / 男朋友都未結婚嘅話叫獨身）

作者示範

例文		
	（用日文同女朋友父母打招呼 & 問關於同居嘅嘢） はじめまして。Henry と申（もう）します。本日（ほんじつ）はお時間（じかん）ありがとうございます。2 年前（ねんまえ）から花子（はなこ）さんとお付（つ）き合（あ）いをさせていただいておりますが、結婚（けっこん）を前提（ぜんてい）としてそろそろ同棲（どうせい）したいと考（かんが）えています。	初次見面，我叫 Henry。多謝你今日抽空時間。我兩年前開始同花子拍拖。我依家開始諗住以結婚為前提，想同佢一齊住。

到成日搵唔到嘢……！

為咗呢啲事，我哋真係唔知拗咗幾多次。不過，其實唔可以話邊個啱邊個錯，只係大家嘅生活方式唔同，先會有啲摩擦。最緊要係互相遷就。所以呢幾年，我都開始唔係次次都擺返原位，間中都會放喺唔同位，間唔中房都會亂啲。雖然好似遷就錯方向（笑），但如果兩個人都住得開心舒服，咁就已經好夠啦～

咁快就要見家長!?

介紹屋企人唔等如結婚

喺香港，無論將來會唔會結婚，拍咗拖之後好快就會介紹另一半畀屋企人，其實都幾普遍。大家認識咗之後拍拖可以順便去對方屋企玩下，或者同佢屋企人一齊食飯都好平常。對日本人嚟講其實呢樣嘢幾震撼嘅。因為喺日本，通常係決定好要結婚，或者係以結婚為前提先至會介紹另一半畀父母認識。

我同依家個老公開始拍拖幾個月左右就發生咗一件事。有一日佢問我：「你下次幾時返北海道？不如我都一齊去，同你父母打個招呼啦，好唔好呀？」我第一個反應係：「吓？！你要同我父母打招呼？我哋又未決定結唔結婚喎！」佢聽完都呆一呆，不過之後就解釋話，**喺香港即使未諗到咁遠都會同屋企人介紹下自己個 partner，呢啲係好正常嘅事。**

介紹屋企人係人生入面一個好大嘅 event

喺日本，通常都係拍拖之後決定結婚，或者係以結婚為前提交往嘅情況下，先至會介紹雙方畀對方父母認識。

所以見對方父母，對好多日本人嚟講，**係人生入面一個好大嘅 event。要諗嘅嘢多到不得了：例如要買咩手信？應該着啲咩衫？**如果對方媽媽問我「你鍾意我個仔邊一方面呀？」應該點樣答先得體？仲會搵已經結咗婚嘅朋友或者前輩問意見，真係忙唔停。

其實我喺日本嗰陣都試過見過當時男朋友嘅父母。雖然我哋未正式決定結婚，不過佢話想介紹我畀屋企人認識。我去之前真係超緊張，好彩佢屋企人對

我和先生的
pre-wedding
相片都充滿香
港情懷。

佢仲提我：「你住喺外國，你父母都想知道你拍緊拖嘅人係邊個，咁先至安心嘛！」我聽完覺得都有道理，最後就決定下次返鄉嗰陣帶埋佢一齊返。

之後冇耐，佢都帶我去見咗佢父母；再過多幾個月，我返日本嘅時候都帶埋佢去我屋企。第一次我見佢父母，我哋去咗酒樓一齊飲茶。嗰次我超緊張，加上佢屋企人講廣東話我又唔係好聽得明，根本完全融唔入佢哋嘅對話。到依家都只係記得，食完飯影咗張合照。後尾我都好感激佢哋肯接受一個完全唔識廣東話嘅外國人，接納我做家人。■

我都好 nice，成件事算係順利完成。但係後尾我哋分咗手，所以我冇機會介紹佢畀我父母。咁都即係話，我從來都未試過將自己拍拖嘅人介紹畀爸媽，所以到我要帶老公返日本時，究竟點樣開口講，我真係諗咗好耐。

我最後決定先同媽媽講，然後由媽媽幫我同爸爸轉達。原本以為成件事都安排好晒，點知返日本前兩日，我同爸爸 Skype 傾偈時，佢突然問：「你後日會帶個香港朋友返嚟吖嘛？」吓？！原來媽媽同爸爸講咗係「朋友」，冇講係「男朋友」。佢以為我個朋友係嚟體驗日本文化咁樣，嚟屋企住下。

我即刻搵返媽媽問，媽媽同爸爸點樣講，佢就話：「唔好意思呀，我都真係唔知點樣同爸爸開口講，所以就講咗係朋友囉……」。結果，我爸爸係喺我返去前兩日，先知原來所謂嘅「朋友」，其

日語增值班

單詞			
	1	両親（りょうしん）	父母
	2	手土産（てみやげ）	見面禮（拜訪對方父母時帶嘅手信）
	3	緊張（きんちょう）します	緊張

作者示範

例文		
	（用日文同男朋友父母打招呼）はじめまして。太郎（たろう）さんとお付（つ）き合（あ）いさせていただいておりますEmmaと申（もう）します。本日（ほんじつ）はお時（じ）間（かん）ありがとうございます。こちら香港（ほんこん）のお菓子（かし）です。甘（あま）いものがお好（す）きだと伺（うかが）いましたので、お口（くち）に合（あ）うといいのですが……。	初次見面，我係同太郎拍拖嘅叫Emma。多謝你今日抽空時間。呢個係香港嘅手信。我聽講你鍾意甜嘢，希望啱你口味……

實係自己個女嘅男朋友（笑）。

到咗函館機場，我父母已經喺咗接機。呢個時候我先醒起，我居然忘記咗同老公講，爸爸媽媽會喺機場等我哋。佢望住我揮手，望一望前面，又望返我，就話：「你唔早啲同我講？！我完全冇心理準備喎！」佢有少少嬲（苦笑）。但係佢好鍾意同人哋傾偈。之後一上車佢就開始主動搵話題，夾住日文英文咁樣同我父母傾偈，父母都嚇咗一條，氣氛即刻輕鬆返好多，真係多得老公！■

財政獨立 VS 零用錢制度

雙職家庭財政獨立

香港好多家庭都係雙職家庭。除咗因為香港生活成本真係高，仲有就係香港有請菲傭嘅文化，就算生咗小朋友，都有工人姐姐幫手湊同做家務，咁女士就可以繼續返工，社會環境相對支持女性就業。因為雙職普遍，唔少夫妻會選擇各自管理自己嘅財政。又或者一齊開個聯名戶口，每個月大家入定額金錢。仲有**「家用」呢個文化都好常見，主要係老公畀固定金額畀老婆**，作為家庭開支。有啲雙職家庭都一樣保留呢個習慣。

反而喺日本好多家庭都係行「零用錢制度」。老公賺返嚟嘅人工會全部交畀老婆，由老婆管理家計，然後再畀返一部分做老公嘅零用錢。我啱啱結婚時去搵咗一位喺香港住咗好耐嘅日本前輩向佢報喜，

點解日本女仔唔去牛丼店？同零用錢有關係

依家喺日本，大約有 508 萬個家庭主婦家庭，仲有大約 1,300 萬個係雙職家庭，即係雙職家庭多過主婦家庭成兩倍以上（參考資料：労働政策研究・研修機構（JILPT）専業主婦世帯と共働き世帯 1980～2024 年）。以前日本嘅傳統就係男主外女主內，男士出面返工，女士就專心喺屋企做家務湊小朋友。不過由 90 年代中開始呢個潮流就開始改變。

儘管如此，依家日本仍然有大約四成夫婦用緊所謂嘅「零用錢制度」（參考資料：株式会社アスマーク Smart research）。**所謂零用錢制度，老公賺返嚟嘅人工會全部交畀老婆，由老婆管理家計，然後再由對方分配每月嘅零用錢。**一般理想零用錢大約係月入嘅 10% 到 20% 左右，視乎家庭有冇小朋友而

佢即刻同我老公講：「恭喜你哋啊！老公啊，你結婚之後人工就全部交畀老婆啦，家庭財政交畀太太處理係最穩陣嘅方法嚟㗎！」（笑）。嗰位前輩其實係男士。我老公當時面帶笑容咁點頭，不過返到屋企就即刻話：「有冇搞錯呀？！咁樣我就冇自由啦！」（笑）

其實雙職家庭都有佢嘅煩惱。我記得有一次同幾個嫁咗香港男士嘅日本朋友一齊食飯，講講吓發現大家竟然有同一個煩惱：就係「老公成日夜晚出去玩，好夜（凌晨兩三點）先返嚟。」我聽到都嚇一跳，原來唔止我一個係咁（笑）。喺日本結咗婚之後通常唔會再咁夜出去玩，覺得有家庭就要收斂啲，唔會每日每星期都夜蒲。但係香港就好似唔係咁。好多老公都仲會同朋友去飲酒、打麻雀，有啲甚至叫班 friend 返屋企通宵打機打麻雀添。雖然我哋唔係想限制佢哋嘅自由，但係玩得太過火，真係會令日本太太們忍唔住心裏面發火（笑）。■

有所調整。已婚男士大概每月有 3～4 萬日圓，女士就大約 2～3 萬日圓。如果唔夠錢就要同另一半商量，臨時加少少。大家點睇呢個金額呢？

日本打工仔嘅朋友——牛丼

日本打工仔避無可避嘅居酒屋

日本社會對「飲みニケーション」（飲＋ communication）好著重。即係放工之後，同同事或者上司一齊出去飲酒傾偈增進感情。如果中午又係出面食飯，夜晚又去居酒屋，一個月 3～4 萬日圓真係唔夠。咁所以好多男士就會帶老婆整嘅便當，又或者自己出去食都會揀「one coin lunch」（即係 500 円左右）。

講到平嘢食，牛丼一定係代表。500 円以下又有肉又有白飯，出餐又快，好受打工仔歡迎。所以日本嘅牛丼舖午餐時間大多數都係男性客人。大家都會覺得「牛丼＝打工仔食嘢嘅地方」，所以對女士嚟講入去牛丼舖食飯真係有啲尷尬。我喺日本做嘢嗰陣都係咁諗。有一日我好想試一次牛丼店，但係唔夠膽自己一個入去，所以專登喺 lunch time 搵咗位男同事陪我一齊去，終於完成咗牛丼初體驗（笑）。但係嗰日店入面女士係得我一個，食飯嘅時候都有啲尷尬。

日語增值班

作者示範

單詞			
	1	妻（つま）	老婆（講自己嘅太太）
	2	夫（おっと）／旦那（だんな）	老公（講自己嘅老公）
	3	サラリーマン	打工仔
	4	人気（にんき）	受歡迎
	5	牛丼（ぎゅうどん）	牛丼

例文			
	1	給料（きゅうりょう）は全（すべ）て妻（つま）に渡（わた）します。	搵到嘅錢全部畀晒老婆。
	2	牛丼（ぎゅうどん）は日本（にほん）のサラリーマンに人気（にんき）です。	喺日本牛肉飯受打工仔歡迎。

不過幾年前すき家（SUKIYA）登陸香港，竟然男女老少都一樣咁受歡迎，仲要長期大排長龍，我真係覺得好震驚！對日本人嚟講，牛丼係超平民嘅食物，冇諗過咁多人鍾意。而且望落去嗰啲排隊嘅人唔單止係打工仔，仲有情侶、夫婦、女仔朋友一齊嚟，真係老少咸宜。呢啲場面喺日本真係罕見。講開又講，最近我去咗佐敦食飯，去到間餐廳入面嘅大廈，點知地下已經人山人海，連上扶手電梯都排唔到。我仲以為係有明星出現，後來望真啲，原來啲人係排緊隊入「松屋」！噢～原來 2024 年「松屋」都開咗喺香港。依家日本嘅三大牛丼店就齊晒喺香港出現，真係好特別！■

不一樣的情人節

花束送去女朋友嘅嘅公司!?

香港嘅情人節，真係好浪漫。**2 月 14 號喺香港，通常都係男人向女人表達愛意嘅日子。**好多男士會送玫瑰花畀太太、女朋友或者鍾意嘅對象，夜晚就一齊去靚餐廳食晚飯，已經變成咗一個 regular 傳統。對我呢個日本人嚟講，最有趣嘅地方就係——點樣送玫瑰花。**好多人會直接將花束送去對方返工嘅公司，唔係當面親手送，而係搵花店幫手送去對方辦公室。**呢個習慣對日本人嚟講真係幾特別，幾得意。

可能對男士嚟講，可以喺咁多同事面前大方咁示愛；而女士喺咁多人面前收到花，可能都會覺得幾開心、幾 proud。仲有聽人講，花最好係上午送到，咁對方成日都可以擺喺枱面慢慢欣賞。情人

女士送朱古力畀男士

日本嘅情人節有女士送朱古力畀男士嘅習慣。聽講喺 1935 年，日本一間叫 Morozoff 嘅糖果公司登咗一個「情人節送朱古力」嘅廣告，就係咁開始咗日本獨特嘅情人節文化。其實情人節送嘅朱古力，仲可以分好多唔同種類。譬如送畀男朋友或者老公、即係真係鍾意嘅對象，就叫做「本命朱古力」。如果係送畀普通男同學、男同事咁，唔係情侶嗰種，就叫「義理朱古力」。而女仔之間互相送畀朋友嘅，就叫做「朋友朱古力」。於是每年一過咗一月中，百貨公司就會開始賣唔同種類嘅朱古力，各間公司都爭住推新款，好有競爭力。

我細個嘅時候每年情人節都會同媽咪一齊整朱古力送畀爸爸。我哋會買返啲板裝朱古力，然後溶咗

拍拖第一次嘅情人節老公送畀我嘅玫瑰花

佢，之後倒入自己鍾意嘅模，再加啲 topping。依家諗返起都好懷念。中學嗰陣，我雖然冇試過送朱古力畀男仔朋友，但我幫過朋友。幫佢乜嘢呢？佢想送朱古力畀佢暗戀嘅同班男仔。喺我哋嗰個年代，學校最常見嘅送朱古力地點就係——鞋櫃！雖然有啲勇敢嘅女仔會放學後親自叫對方出嚟送，但大部分都會怕羞，會將靚靚包裝加埋信紙一齊偷偷擺入男仔鞋櫃。我嘅角色就就幫朋友望住周邊，睇下有冇人經過，等佢快啲擺完走。佢最後有冇成功，我都唔記得咗，但係都係一段好青春嘅回憶。去到高中，我同一班成日一齊玩嘅男女朋友關係都唔錯。嗰時女仔之間一齊商量話：「不如我哋各自整朱古力送畀佢哋啦！」我嗰陣諗住，都高中啦，想試下整啲成熟啲，有型啲嘅朱古力，好似有啲 Brandy 味咁樣。之後突然諗起，「屋企有自家製梅酒，不如攞啲梅嚟整朱古力啦！」惡夢就咁開始……嗰陣未有人用 Internet，又冇上網節當日，Instagram 同 Facebook 成個 feed 都係啲女生 po 自己收到玫瑰花嘅相。夜晚就喺街上成日見到啲女生拎住大大束花行街。情人節期間啲玫瑰花貴番成倍都有，過千蚊一束都唔出奇。送完花之後仲要帶女朋友去靚餐廳食飯，**諗落香港男士過情人節真係好花心思，又花錢。**

喺情人節向女性表白，唔止香港，其實全球都係咁。但我以前一直以為日本嗰種「女性向男性表白」先係世界標準——直到我嚟到香港，先發現原來只係日本特有嘅文化。

我仲記得，第一次同我老公拍拖過情人節嗰年。雖然我聽講過香港男士會送玫瑰花，但我老公唔算係浪漫嗰種人，所以我本身冇乜期望，心諗佢應該唔會送花畀我。反而因為喺日本，情人節係女生送朱古力畀男生，所以我特登準備咗盒靚靚朱古力送畀佢。

搵食譜，我就靠自己諗法去亂整。最後整出嚟嘅「梅朱古力」，味道完全唔 OK，完全唔似我心目中想像嘅效果。但係已經冇時間重整過，只好將啲「失敗作品」照送畀出去。到咗情人節當日，男仔朋友們除咗一個朋友之外有咁嘅反應：「你整咗咩嚟喫？痴線咩～？（笑）」。依家諗返都算係好笑嘅回憶。出嚟做嘢之後就開始送「義理朱古力」畀上司同同事。每年情人節前，成 team 嘅女同事都會聚埋一齊傾：「就快到情人節啦，邊個去買？預算幾多？」我都試過代表大家出去買朱古力，雖然係「義理朱古力」但揀禮物個過程都好開心。

除咗情人節，日本仲有「白色情人節」。到時男士會送返啲嘢畀送咗朱古力嘅女士，算係一個回禮。通常回禮嘅產品係曲奇。我以前做嘢嘅部門女同事唔多，所以白色情人節嘅時候收到男上司同男同事送返啲高級百貨公司啲曲奇，好開心！■

嗰日我哋約咗喺一間 café 見面，我早少少到，先坐低等佢。點知佢一入嚟，手上竟然拎住一朵玫瑰花！我完全冇諗過佢會送，所以我真係開心到不得了，開心到佢行入嚟嗰一刻喺我眼中都變成咗 slow motion！（笑）依家諗番都記得嗰個畫面。

之後差唔多每年情人節佢都會送花畀我。有時係一朵、有時係 preserved flower，有時仲會送一大束。每次我都覺得好感動，好感謝佢。■

日語增值班

作者示範

單詞			
	1	バレンタインデー	情人節
	2	本命チョコ	送畀自己鍾意嗰個人嘅朱古力
	3	義理チョコ	送畀同事 / 上司 / 男性朋友嘅朱古力（唔係因為愛，禮貌上畀嘅朱古力）
	4	友チョコ	送畀朋友嘅朱古力
	5	花束	花束

例文			
	1	ハッピーバレンタイン！	情人節快樂！
	2	香港はバレンタインデーに男性から女性に花束を送るのが定番です。	喺香港，情人節通常都係男仔送花畀女朋友。

居港日本人最貼地の

香港觀察日記

著者
May

責任編輯
李穎宜

裝幀設計 / 排版
鍾啟善

出版者
萬里機構出版有限公司
香港北角英皇道 499 號北角工業大廈 20 樓
電話：2564 7511　　傳真：2565 5539
電郵：info@wanlibk.com
網址：http://www.wanlibk.com
http://www.facebook.com/wanlibk

發行者
香港聯合書刊物流有限公司
香港荃灣德士古道 220-248 號荃灣工業中心 16 樓
電話：2150 2100　　傳真：2407 3062
電郵：info@suplogistics.com.hk
網址：http://www.suplogistics.com.hk

承印者
寶華數碼印刷有限公司
香港柴灣吉勝街 45 號勝景工業大廈 4 樓 A 室

出版日期
二〇二五年七月第一次印刷
二〇二五年八月第二次印刷

規格
特 16 開（150 mm × 220 mm）

ISBN 978-962-14-7623-4